Cartas de amor de un sexagenario voluptuoso

Ediciones Destino
Colección
Áncora y Delfín
Volumen 574

© Miguel Delibes
    Ediciones Destino, S.A.
Consejo de Ciento, 425 - Barcelona-9
Primera edición: octubre 1983
ISBN: 84-233-1256-9
Depósito Legal: B. 33344-1983
Impreso y encuadernado por:
Printer, industria gráfica sa   Provenza, 388   Barcelona-25
Sant Vicenç dels Horts   1983
Impreso en España - Printed in Spain

A la mala costumbre de hablar de sí mismo y de los propios defectos hay que añadir, como formando bloque con ella, ese otro hábito de denunciar en los caracteres de los demás defectos análogos a los nuestros.

MARCEL PROUST

25 de abril de 1979

Muy señora mía:

Por puro azar tropecé ayer con su mensaje en *La Correspondencia Sentimental* cuando aguardaba turno en la antesala del doctor. Yo solamente hojeaba la revista por encima pero, al transitar por la página que inserta su minuta, algo tiró de mí, se diría que aquellas líneas estaban imantadas, cobraron de repente relieve y movimiento, de modo que no pude sustraerme a su llamada. La leí. Leí su minuta varias veces como si aquellas sencillas palabras recataran una segunda, profunda, arcana intención. Y ahora, de regreso a casa, sin prisas, antes de encender el televisor, me he decidido a escribirle estas letras.

Ante mí tengo su mensaje, lacónico pero expresivo. He incurrido en una pequeña fechoría que nunca me creí capaz de cometer: he arrancado la página de la revista que lo insertaba. Han sido unos instantes tensos, durante los cuales me he sentido tan innoble como si estuviese cometiendo un crimen. Y, bien mirado, algo de crimen hay en este acto mío de mutilar una publicación y reducir así el eco de su llamada, restarle la parte de resonancia que cabía esperar del ejemplar del que yo, mediante malas artes, me he incautado. Dejando al margen esta indignidad, el efecto de su mensaje fue instantáneo; yo no dudé un segundo de que aquellas palabras me estuvieran destinadas. ¿Por qué?

No es sencillo explicarle esto. Su nota (referencia n.º 921) que tengo aquí, ante mis ojos, dice así: «Señora viuda, de Sevilla, 56 años, aire juvenil, buena salud. Cincuenta y tres kilos de peso y 1,60 de estatura. Aficionada a música y viajes. Discreta cocinera. Con caballeros de hasta 65 años, similares características». Bien mirado, nada de particular pero, como le digo, aquella nota, entre tantas, reclamó mi atención, me hechizó, hasta el extremo de no leer ninguna más. De modo que allí me quedé, inmóvil, sentado en la silla, junto a la puerta, la mirada fija en aquellos renglones, cuya tipografía, en cursivas del 8, en nada se diferenciaba de la de los demás; tampoco, en rigor, los conceptos que, más o menos, con variaciones de edad, sexo, estatura o residencia, eran los mismos y, sin embargo, algo había en ellos que tiraba de mí, que me inducía a sentirme su destinatario. ¿La alusión al atractivo aire juvenil de usted? ¿La proporcionada figura que se deduce de su estatura y peso? ¿Su buena salud? ¿La seguridad en sí misma que se desprende de la redacción de la minuta o, tal vez, el orden en que usted enumera sus dotes personales elevándose de lo más trivial a lo más noble, para terminar subrayando su don culinario como dando a entender que la música, cuando proceda, no le impide volar más a ras de tierra y encerrarse en la cocina a freír unas patatas?

Soy un convencido de que uno de los síntomas más obvios de la decadencia de occidente, reside en el progresivo desdén por la cocina. A las muchachas de hoy no es infrecuente escucharlas que ellas no pierden el tiempo cocinando. ¿Cree usted, señora, que el tiempo que se emplea en la cocina es tiempo perdido? La cocina, hasta hace poco, ha sido uno de los pilares culturales que aún respetábamos pero de unos años a esta parte ¡qué degradación, señora mía! La sustitución de la cocina económica por el gas y la electricidad, las parrillas de alcohol, la olla a presión, ¡qué nefastos inventos! Y, por si fuera poco, la ceba artificial del ganado, el enlatado, la congelación... Pero lo grave del caso es que todo esto se nos presenta como un avance, como una conquista, cuando, en realidad, la salazón de carnes y pescados es un recurso tan viejo como el mundo. ¿Dónde estriba la novedad?, pregunto yo, ¿dónde el progreso?

Mi difunta hermana Eloína, que gloria haya, veinte años mayor que yo, guisaba primorosamente, pero a la antigua. Nunca utilizó otro procedimiento que la cocina económica. Mediante la leña y el carbón y una sabia manipulación del tiro, conseguía el punto de los alimentos. Ése era todo su secreto. Y no se piense usted, señora, que en nuestra casa se condimentaran selectos manjares, porque lo que hace de la cocina un arte es precisamente lo contrario, halagar el paladar con lo sencillo, darle el punto requerido a lo cotidiano: un cocido castellano, unas sopas o unas lentejas. ¡Qué cocidos preparaba mi difunta hermana Eloína!

El jueves pasado, en casa de mi fiel amigo Baldomero Cerviño, compañero del periódico, me obsequiaron con un cocido y no voy a decirle a usted que estuviera malo pero allí faltaba algo esencial y ¿sabe usted qué era?: el relleno. ¿Concibe usted, señora, un cocido castellano sin relleno? A mi entender, el relleno es la quintaesencia del cocido, el cocido mismo. Un relleno esponjoso, tierno, sabroso, empapado de la sustancia del guiso, es lo que nos da la medida de este plato. Otro error, muy frecuente en este punto: sustituir el repollo por coliflor. Costumbres, dirá usted, pero eso no es un argumento; yo creo que hay que resistir contra estos atentados, los sucedáneos no deben prevalecer, no podemos permitirlo. En la cocina, no es lícito saltarse a la torera la tradición como no es lícito prescindir del punto. Ambos son indispensables; sin ellos no hay cocina. ¿Admitiría usted, señora, una paella del interior sin chorizo ni pimientos morrones?

Pensará usted, a la vista de lo escrito, que su corresponsal es un glotón insaciable, un ser que solamente piensa en comer, cuando a mí la comida me agrada con mesura y discreción. Aborrezco a los tragones, quizá por despecho, porque desde joven tuve un estómago delicado, tal vez porque mi profesión no haya sido la más indicada para gozar de los placeres gastronómicos. Desde niño fui sobrio para comer, pero como hombre de paladar me gustan los alimentos sazonados y en su punto.

A pesar de todo, rechazo que fuese su alusión a la cocina lo que me sedujo de su nota en *La Correspondencia Sentimental*. Posiblemente lo que me sedujo no estaba escrito allí, era, digamos, un valor entendido. Entre líneas, vacilando entre la seguridad y la indecisión, usted venía a proclamar que necesitaba una voz amiga. Seguramente fue esto lo que me conmovió. El hecho es que me hallaba solo en la antesala del doctor y resolví arrancar la página de *La Correspondencia*. ¡Qué momento tan peliagudo! Nunca he tomado nada ajeno y mutilar una publicación, aunque se trate de un diario, me produce al mismo tiempo repugnancia y rubor. Cabía haber anotado en mi agenda su número de referencia y la dirección de la revista pero no se me ocurrió. ¿Digo verdad? ¿Es cierto que no se me ocurrió o tal vez imaginé que llevándome aquella página hacía mío algo de usted, me apropiaba de aquel SOS lanzado al azar? Imposible responderle. No puedo afirmar ni negar con certeza ninguno de los dos extremos. Soy hombre irresoluto y, a veces, pienso con amargura que me moriré sin conocerme. ¿Sabe usted en todo momento a qué obedecen sus decisiones? ¿Nunca se dejó arrastrar por las circunstancias? ¿Jamás actúa por intuición, indignación o temor?

Yo estaba sentado, como le digo, junto a la puerta, oyendo el runrún de la voz del doctor del otro lado del tabique, y, en el momento de arrancar la página, me asaltó el temor de que pudiese presentarse la enfermera de improviso. Había cogido la hoja por la parte superior, abarquillada bajo la palma de la mano, sintiendo el suave tacto de su superficie, y no me faltaba más que tirar, rasgarla por la línea de grapas, plegarla y guardarla en el bolsillo. La cosa era bien simple. No obstante me sentí incapaz. Mis dedos se paralizaron, quedaron fláccidos, como sin fuerza, mientras mis ojos se volvían hacia el picaporte. ¿Qué hubiese pensado la enfermera si me sorprende en este trance? ¿No estaban aquellas publicaciones sobre la mesa para solaz de los pacientes, y yo, con mi actitud incivil, estaba truncando su objetivo? Escuché. Aparte del runrún de la voz del doctor del otro lado del tabique, no se oía nada, el silencio, y, entonces, me decidí, tiré de la hoja y la arranqué, con tal premura y turbación que desgarré parte de la hoja opuesta. ¡Qué amargos momentos, amiga mía! Allí me vería usted doblarla apresuradamente y ocultarla, con un movimiento desmanotado, en el bolsillo de la cartera. Durante cinco minutos estuve sintiendo los rudos golpes de mi corazón hasta que me calmé, pero cuando, al poco rato, se presentó la enfermera, los golpes se reanudaron, en tanto yo miraba la revista que acababa de mutilar con aprensión, como si la portada fuera transparente, y aquella muchacha pudiera darse cuenta del desaguisado de un vistazo.

Ahí tiene usted, señora mía, de qué azarosa manera he establecido contacto con su mensaje de *La Correspondencia Sentimental*. Confío no haberla importunado con los renglones que anteceden. Mi nombre completo es Eugenio Sanz Vecilla y, si lo tiene a bien, puede usted contestarme a Cánovas, 16, 3.º, derecha.

Con respeto y amistad,

E. S.

2 de mayo

Muy señora mía:

No le falta a usted razón. Por mi oficio y talante imaginativo soy proclive a andarme por las ramas, rara vez me centro, poso los pies en el suelo. Trataré, pues, de ir al grano: el pasado diciembre cumplí 65 años, soy periodista jubilado –recién jubilado, en febrero–, soltero, y mido, como usted, un metro sesenta, siquiera mi peso, 85 kilos, no esté proporcionado a mi estatura, denote una inequívoca propensión a la obesidad. Un viejo amigo, Onésimo Navas, habla de la curva de la felicidad, refiriéndose a mi vientre voluminoso, pero felicidad, lo que se dice felicidad, no la he conocido fuera de los años de infancia. Eso sí, en mi profesión he trabajado con denuedo y entusiasmo, he conocido algunos éxitos, he sufrido no pocos descalabros y he llegado al retiro en paz con Dios y con mi conciencia.

¿Enfermo dice usted? No es exactamente el caso. El hecho de que hiciera antesala en casa del doctor obedecía a otro motivo. El doctor Hidalgo es mi médico del Seguro, un amigo que se aviene a refrendar las recetas que me prescribe otro amigo y contertulio, el doctor Romero. Es decir, esa tarde acudí a casa de aquél a recoger las recetas extendidas por el otro. Quizá el procedimiento no sea ortodoxo, pero gracias a él me ahorro unas pesetillas, nada despreciables al precio que se están poniendo las boticas con esto de los laboratorios multinacionales.

En la tertulia de los domingos, en el único café superviviente del barrio antiguo, a la que concurren varios doctores, he oído comentar que el más reciente

15

descubrimiento de la medicina social es el médico de familia, aquel médico, hoy olvidado, que lo mismo se sentaba un rato de cháchara con el enfermo que le ponía una cataplasma o le trataba unas paratíficas; esta figura es la que se pretende resucitar ahora con objeto de establecer un tamiz al ingreso en residencias y hospitales, hoy abarrotados. Y ¿sabe usted lo que cuesta diariamente una cama de hospital en nuestra ciudad? ¡Diez mil pesetas! Imagine usted las cosas que pueden hacerse con diez mil pesetas.

En las afueras del pueblecito donde nací, en la comarca de Villarcayo, adquirí hace tiempo una vieja casa de piedra de dos plantas donde he pasado siempre las vacaciones y, ahora, ya retirado, proyecto refugiarme parte del año. Pues bien, en la titular de ese término, como en tantas otras, el médico ha quedado relegado a la condición de un expendedor de volantes para la Residencia de la capital. Como es lógico, el doctor se siente disminuido pero no se atreve a nadar contra corriente y arrogarse una responsabilidad que nadie le reclama. Si dispone de una ambulancia, ¿para qué correr el riesgo de que el enfermo se agrave y se le muera entre las manos? ¿Qué explicación podría dar, en este caso, a la familia del difunto? La actual organización de la medicina social en nuestro país es mala por varias razones pero fundamentalmente por una: al médico se le priva del derecho de curar.

Yo recuerdo antiguamente, en mi pueblo, a mi difunto tío Fermín Baruque, ¡qué ductilidad! Aquel hombre hacía a todo, atendía a partos, remendaba cabezas descalabradas, aplicaba sanguijuelas... Cierto que su responsabilidad era muy crecida pero quedaba compensada por la posibilidad de devolver la salud, de sentirse médico en toda la extensión de la palabra. Y había que verle, que le estoy hablando de cuando yo era chiquito, y el tío Baruque, como un dios omnipotente, recorría el término en su caballo alazán, nevase o apedrease. Ésta es, según rumores, la gran revolución que se cuece ahora en Madrid para resolver los problemas de la Seguridad Social: inventar a mi tío Fermín Baruque.

Pero a lo que iba, señora. Yo soy un enfermo saludable o, si lo prefiere, un enfermo que nunca se muere ni acaba de sanar del todo. En la tertulia me tienen por maniático. Mis hermanas, que gloria hayan, también me tenían por maniático, pero yo creo que lo mío, antes que manías, son alifafes, las goteras propias de la edad, si bien la edad de las goteras se ha manifestado temprano en mi caso. Como contrapartida puedo asegurarle que no recuerdo haber guardado cama por causa de enfermedad desde que era chiquito, allá en el pueblo, cuando mi difunta hermana Eloína me llevaba un ponche a la cama y una aspirina para combatir las fiebres. ¡Cómo recuerdo aquella vieja cama de hierro, con laterales de finos barrotes negros, y un colchón de muelles, que chirriaba cada vez que yo me daba media vuelta! Junto a la cabecera había una mesita de noche de nogal veteado y, encima, un vaso de agua cubierto con un pañito y la palmatoria y, en el compartimiento bajo, un orinal blanco, de loza, con los bordes desportillados.

Las visiones de infancia, señora, no se esfuman, perduran a través del tiempo. Yo no olvido las misas dominicales en la ermita de abajo, durante el verano, cuando mi difunta hermana Eloína me enrollaba al cuello una gruesa bufanda de lana, aun en los días más cálidos, para preservar mi garganta de los cambios bruscos de temperatura. Desde niño he sido muy sensible al frío, o, por mejor decir, al frío y al calor. Aunque de constitución pícnica, soy hipotenso y las temperaturas extremas me afectan mucho. A partir de octubre los pies se me enfrían y no reaccionan ya hasta bien entrado mayo. Y ¿qué decirle del calor? La canícula me muele, literalmente me hace polvo y, por las noches, en la cama, no puedo soportar la ropa. La alternativa es irresoluble: el calor de la colcha me impide conciliar el sueño, pero, si prescindo de ella, me enfrío. En todo caso, mi difunta hermana Eloína se equivocaba al arrebujarme la bufanda, porque mi garganta, aunque pagase las consecuencias, no era la puerta de acceso al frío. En un principio pensé que el frío entraba en mi cuerpo por los pies, fue cuando resolví ponerme calcetines altos de lana, pantorrilleras de las que usaban los pastores en mi pueblo. Más tarde que por la cabeza y aunque conservo un cabello fuerte y abundante, si que entrecano, me aficioné a la gorra de visera y con ella sigo. Éste es otro de mis muchos defectos. Remedio que adopto ya no sé dejarlo, se incorpora a mi modo de ser con carácter vitalicio, aunque los hechos evidencien su ineficacia.

Pero a lo que iba, con los años descubrí que por donde yo me enfriaba, ¡pásmese usted!, era por los muslos, por la cara anterior de los muslos. Me enfriaba, por supuesto, sin sentir frío, lo que me obligó a ser prevenido y llevar en el bolsillo del gabán un chal con el que me arropaba los muslos cada vez que me sentaba. Esto originó no sólo una servidumbre sino un nuevo riesgo ya que si en alguna ocasión, por fas o por nefas, no podía apelar al chal, inevitablemente cogía un resfriado, lo que, a su vez, me indujo a improvisar sobre la marcha nuevos procedimientos de abrigo, cosa que me ponía, con frecuencia, en situaciones embarazosas. Ahora recuerdo que almorzando en una ocasión en un restaurante de lujo con don José Miguel Ostos, presidente del Consejo, en los días que me escamotearon la dirección del periódico, sentí un cierto repeluzno, y aprovechando que don José Miguel estaba en los lavabos, me puse las dos servilletas, la suya y la mía, sobre los muslos. Cuando empezamos a comer, el *maître* se disculpó y trajo otras, pero yo pasé la comida más pendiente de ocultar las tres servilletas que de las palabras del presidente. ¡Y tantas situaciones semejantes como podría referirle!

Mi difunta hermana Rafaela, la menor, que era maestra de escuela y una mujer excepcionalmente bonita, siempre que venía por casa me aconsejaba lo mismo: «Uge, eso lo resolvías de una vez con unos calzoncillos largos, de felpa, como los que usaban padre y el abuelo». Pero todos tenemos prejuicios, señora, y uno de los míos es el de declinar una senectud prematura y los hábitos lamentables que ello comporta. Y no por presunción, como pudiera pensarse, sino por un principio estético elemental. Incluso ahora que estoy en el umbral de eso que llaman tercera edad, que yo sospecho que es la misma vejez de antes, me resisto a ello. Si claudico en estas cosas a los 60, ¿quiere decirme, señora, qué dejo para los 80? Esta actitud mía, dilatoria, abriendo perspectivas al tiempo, me infunde cierta seguridad. De modo que rehusé el consejo de mi hermana, lo cual no quiere decir, y usted perdone, señora, si desciendo a estas intimidades, que yo gaste esos calzoncillos esquemáticos, como braguitas, que ahora se llevan, sino calzoncillos de perniles, blancos, holgados, a medio muslo, de los que se usaban antes de la guerra.

Una de mis fijaciones es, pues, la de cerrarle puertas

al frío. El frío es alevoso y yo me sublevo cada vez que oigo decir al ministro del ramo, con esto de la crisis de energía, que es preciso ahorrar calefacción, que la temperatura en centros oficiales no debe sobrepasar los dieciocho grados, que, por añadidura, es más saludable. Y yo pregunto, ¿saludable, para quién? Hay quien genera calor dentro de sí y lo expande y quienes precisan recibirlo de fuera. Yo soy de estos últimos, hasta tal extremo que si, al acabar de comer, no coloco la palma de la mano durante media hora sobre mi estómago, éste se paraliza, no inicia la digestión. Una vez comenzada, el mismo proceso digestivo genera la temperatura necesaria para concluirla. Mas la puesta en marcha hay que aplicarla desde fuera, lo tengo comprobado.

Otro día le hablaré de otros achaques de este su buen amigo que la saluda con afecto,

E. S.

9 de mayo

Distinguida amiga:

Dice usted que el campo, por sí solo, no le procura felicidad, que únicamente le resulta alegre si trae usted la alegría dentro y que, en resumidas cuentas, el campo no le parece un sitio para estar sino simplemente para pasar. Tal vez tenga razón, aunque sospecho que usted no ama al campo porque no le conoce, porque se le ha hurtado la oportunidad, pongo por caso, de escuchar el rumor de una nogala mecida por el viento en tanto el ruiseñor le pone el debido contrapunto desde la fronda del arroyo. En el campo no debe usted buscar la alegría tanto como la serenidad, esto es, la posibilidad de ordenarse por dentro. Para ello, lo único que el campo nos exige es acomodar la vida a su ritmo. Si cada cual tira por su lado no hay nada que hacer, la armonía quiebra. Usted es probable que haya pasado en el campo uno o dos días y en ese plazo es imposible el acoplamiento. Uno arrastra el apremio urbano y la pausa del campo, en principio, le irrita, el tiempo le cuelga y no acierta a sustituir una actividad por otra, ni a sacar provecho del silencio y la soledad. Esto se va aprendiendo gradualmente, sin más que dejarse estar. Lo que me resisto a admitir es que usted que ama la música, que en sus cartas demuestra una fina sensibilidad, no comprenda al campo, no haya llegado nunca a una identificación con él.

Mi pueblo, contra lo que usted supone, no es Villarcayo, sino Cremanes, quince kilómetros arriba, hacia la montaña, un acceso fácil y cómodo, pues la carretera, aunque angosta y sinuosa, está recién pavimentada.

En este pueblo nací y en él me crié. A los quince años, por exigencias de la vida, hube de abandonarlo y me instalé en la capital con mis hermanas, que gloria hayan. Con los años, cuando mis medios de fortuna mejoraron, adquirí una casa arruinada a media ladera y la fui reconstruyendo con amor, piedra a piedra, con la ayuda de Ramón Nonato, el barruco del pueblo, un muchacho repolludo, silencioso y tardo, pero sumamente eficaz. Cabe la casa, a mano derecha, se yerguen dos olmas gigantescas, a cuya sombra construí una mesa con un ruejo que me vendió el Aquilino Fernández, el molinero, un tipo avispado que hizo dinero con la maquila en la posguerra, cuando los años del hambre. Ahí, en esa mesa, paso las horas muertas, como, leo, hago crucigramas, escucho el transistor, incluso en los días serenos escribo alguna cuartilla, pero, sobre todo, observo. Cada verano el petirrojo saca sus pollos del nido del cerezo silvestre y, torpes aún para cazar insectos, bajan a picotear las migas de pan a mis pies. No tienen todavía el pecho pintado y mediante sus frágiles patitas de alambre se desplazan a saltos con increíble rapidez. Las tardes sofocantes, infrecuentes en mi pueblo, suben a sestear a los olmos desde los pobos del soto las tórtolas y los arrendajos. Y muy rara vez, cuando me quedo traspuesto en la hamaca, siento gallear insolentemente a la picaza en la copa.

Al atardecer (en Cremanes el crepúsculo es temprano debido al Pico Altuna, a poniente, con sus buenos mil quinientos metros de altitud) suelo bajar a la huerta o me doy un paseo por la carretera, empujando el carrito de Ángel Damián, con quien siempre es grato recordar los años de infancia. En los últimos veranos he relegado un tanto los paseos. La edad pesa y si a la ida, cuesta abajo o por el llano, uno camina desahogado, el regreso, con la varga de la Penilla por medio, se hace agitado y fatigoso. Tal vez se deba a un exceso de kilos; lo más probable.

La labor de huerta es más reposada, o se gradúa mejor, y, como por juego, uno trabaja la cintura, flexionándola. Conseguir con las propias manos lo que uno precisa para sobrevivir resulta, por otro lado, gratificador. Lo mismo que comprobar el progreso de las plantas. Mi huerto es chico, media obrada a todo tirar, pero siembro en él un poco de todo: arvejos, habas, zanahorias, vainas, calabacines, cebollas, ajos, remolacha de mesa y, sobre todo, patatas. Esta zona da buena patata, es famosa por ello.

La finca colindante, en erío desde hace qué sé yo el tiempo, es propiedad de Ángel Damián. Ángel y yo, siendo chiquitos, nos enamoramos simultáneamente de la señorita Paz, la nueva maestra, allá por el año 26, pero la coincidencia, en lugar de enfrentarnos, nos hermanó. ¡Figúrese usted el contrasentido, enamorarse uno a los doce años y a los sesenta y cinco seguir soltero! Evidentemente el destino nos juega malas pasadas.

Los padres, los abuelos y los bisabuelos de Ángel Damián proceden del valle, pero sus hijos, el Ángel y el Julito, emigraron por la década de los 60. El uno, Ángel, marchó a Alemania y el otro, el Julito, a Villarcayo y de aquí a Bilbao. Ahora el Julito vuelve cada verano en su coche rojo (varía de marca y de modelo pero no de color) con la Petrita, su mujer, y los chicos a casa de su padre que lleva tres años impedido en una silla de ruedas a causa de una hemiplejía. Julito llama a las niñas Begoña y Aránzazu y al niño le dice Iñaqui. En la luneta trasera del coche lleva una pegatina con una ikurriña y una leyenda en vascuence. El hombre está muy integrado. No llevará en Bilbao arriba de nueve años pero cuando llega aquí y se junta con los de su tiempo, todo se le vuelve decir: «Porque a nosotros los vascos...» o «si no fuera por nosotros, los vascos...». Incluso en el 76 tuvo un altercado con el alcalde, cuando la Virgen de agosto, porque se obstinó en colocar una ikurriña junto a la bandera nacional en el balcón del Ayuntamiento.

En fin, señora, bueno o malo éste es mi pueblo, el pueblo donde he nacido, que espero pueda usted conocer un día. Reciba el respeto y el afecto de s.s.s.,

E. S.

17 de mayo

Distinguida señora:

Sus intuiciones son certeras. Yo me crié con mis hermanas, concretamente con mi difunta hermana Eloína y, de chiquito, con mi difunto hermano Teodoro, el mayor y, por un tiempo, jefe de la familia. Soy el benjamín de los cuatro y cuando falleció nuestra madre apenas contaba tres años. No conservo recuerdo definido de ella sino algo así como una vaga y luminosa presencia, pero cuando me esfuerzo en apresarla se superpone la de mi hermana Eloína, de tal modo que ambas imágenes se confunden. Mi difunto padre falleció dos años más tarde, al decir de la gente del pueblo, de pura pena, pues el tío Baruque no le diagnosticó enfermedad.

Muerto el padre, mi hermano Teodoro se hizo cargo de la hacienda, más bien mermada, pero con su esfuerzo se las ingenió para sacarnos adelante. Yo era eso que en los pueblos dicen un tardío pues nací después de que mi difunta madre cumpliera los 47, caso raro de fertilidad en el mundo rural de aquellos tiempos. Las cosas fueron adelante mientras los hermanos vivimos juntos y en armonía, pero un buen día mi difunto hermano Teodoro, que era el puntal de la familia, se echó novia en Cornejo y entonces empezaron los recelos y más tarde, al contraer matrimonio, las desavenencias. Total, que repartimos, vendimos las hijuelas y yo, con quince años mal cumplidos, me vine a la capital con mi difunta hermana Eloína. Para entonces Rafaela, la maestra, tenía ya una escuela en propiedad en Alcullín, un pueblecito próximo, a media hora de autobús, y solía pasar con nosotros los fines de semana. En realidad, estábamos mejor separados, pues Rafaela, de carácter firme y más cultivada, no congeniaba con Eloína y la menospreciaba. Mi difunta hermana Eloína cosía para fuera y se ocupaba de las faenas domésticas y, dentro de su gran corazón, era un ser elemental, y la reconcomía que su hermana se presentara cada sábado en casa como una señorita, a mesa puesta. Los roces por este motivo menudeaban y a veces pienso que si mis hermanas no se distanciaron entonces fue por mi causa. Una y otra aspiraban a ganar mi preferencia no enalteciendo sus cualidades personales sino empequeñeciendo las de su propia antagonista. En el fondo, en las relaciones entre ambas, había mayor dosis de puerilidad que de mala fe y, mal que bien, al quedar las dos solteras, se vieron forzadas a conllevarse hasta que a la difunta Rafaela le llegó su hora, cinco años después de la jubilación. La pobre Eloína, aunque pagó un fuerte tributo a la artrosis y últimamente tenía unos andares lentos, como envarados, fue más longeva y falleció el año pasado, de puro vieja y con la cabeza perdida.

Por unas cartas que encontré un día en la cómoda de la sala, supe que mi difunto tío Baruque, el médico, la había pretendido e incluso iniciaron unas relaciones que por razones no del todo claras nunca llegaron a formalizarse. Mi tío Baruque era ya entonces un viejo solterón, pero viéndole erguido, a horcajadas de su caballo alazán, daba el pego, tenía un algo, como una prestancia aristocrática, que fascinaba. Y se conoce que a Eloína le hizo mella su apostura y a pique anduvo de perder la cabeza y, si no lo hizo, según las viejas comadres del pueblo, fue porque le repugnaba la idea de darme un padre postizo y, con mayor motivo, borrachín y descreído como el tío Baruque era. Por otra parte, mi difunta hermana Eloína ni muerta me hubiera confiado a Rafaela, «sabidilla –decía– como todas las maestras». Total, que se mostró inflexible y probablemente no sólo por mí sino también por una proclividad al celibato que se viene dando en mi familia desde la generación de los abuelos.

En lo tocante a la difunta Rafaela, siguió su camino. Cinco años en Alcullín, tres en Pedrosillo el Ralo, provincia de Salamanca, seis en Medina del Campo y, finalmente, en Motril hasta la jubilación. Durante el Movimiento Nacional, a punto de cumplir los cuarenta, Rafaela tuvo una buena proposición. Sergio, un capitán de Regulares, que empezó siendo su ahijado de guerra, terminó declarándosela. Tenía doce años menos que ella, pero mi hermana, hasta que falleció, conservó un cutis terso, unos ojos vivaces, una figurita proporcionada y una atractiva gracia juvenil. Nunca aparentó, ni de lejos, los años que tenía. Sergio, el capitán de que le hablo, al marchar al frente, la dejó en prenda un cachorro de pastor alemán por el que sentía gran estima, pero el perro, que quedó en casa, se hacía todo por los rincones y mi hermana Eloína, harta, lo envenenó una noche y me hizo escribir a Rafaela a Pedrosillo diciéndole que había muerto del moquillo. Entre ellas, estas mezquindades eran frecuentes. Recuerdo que cada vez que mi difunta hermana Rafaela venía de vacaciones, Eloína, «que se negaba a hacerle de criada», se encamaba alegando una indisposición, y la otra, que no sabía ni freír un huevo, no tenía otro remedio que bajar a comer durante dos o tres días al bar de la esquina.

Pero es el caso que a las dos semanas de muerto el perro, el 31 de marzo de 1939, la víspera del fin oficial de la guerra, al bueno de Sergio lo mató en Igualada una bala perdida. Observará que en mi familia existe una manifiesta propensión a la soltería, pero, por una razón o por otra, tampoco hubo suerte con las oportunidades que se presentaron. Quiero decir que si mi hermana Eloína se muestra un poco menos renuente con el tío Baruque o la tonta bala de Igualada no se hubiera disparado, es más que probable que en algún sentido mi vida hubiera cambiado de signo.

En lo que me concierne, al verme en la capital sin oficio ni beneficio, ni otros estudios que la primaria, me coloqué de repartidor en una tienda de ultramarinos. Era una actividad libre, aunque dura, pues en aquel entonces se llevaban los pedidos en cajones de madera, al hombro, como si la rueda no se hubiera inventado todavía. Mis hermanas consideraron mi decisión un despropósito, pero Eloína cosía poco y nada podía hacer para evitarlo y en cuanto a Rafaela, su deseo de costearme una carrera carecía de sentido, puesto que su sueldo apenas la alcanzaba a ella para sobrevivir.

Con el señor Urbano, el dueño de la tienda, permanecí catorce meses, al cabo de los cuales gané una oposición para botones del Círculo Mercantil, una oposición sencilla, a base de un dictado y cuatro operaciones aritméticas, pero que me infundió confianza en mí mismo. El trabajo, menos penoso que el de la tienda, se reducía a llevar flores o esquelas a alguna señorita, ya que al Círculo únicamente tenían acceso los hombres, o comprar cigarrillos o alguna botica para los socios. Como entonces aún no conocía a nadie en la ciudad, el uniforme, gris, con doble botonadura y el gorrito cilíndrico con barbuquejo negro, no me afectaban.

En aquel tiempo yo ya escribía algunos poemas, los poemas que aprendí a componer con Ángel Damián en la escuela del pueblo y que secretamente dedicábamos a la señorita Paz, la maestra. Aleluyas fáciles, de rima sonora y naturaleza ripiosa, pero que me proporcionaban un desahogo y un inefable placer. También había tomado gusto a leer los diarios y así fue como una mañana pude enterarme de que *El Correo de Castilla*, el periódico local, necesitaba un ordenanza. Me presenté a don Juan Guereña, el gerente, un hombre de complexión fuerte, mirada gris, acerada, y un cierto aire germánico, pero de trato agradable, incluso paternal, quien, tras un breve diálogo, me concedió la plaza. Pero ésta es otra historia que le contaré a usted con calma más adelante.

Me sorprende que a su edad tenga ya cinco nietecitos. Las madres americanas, cuando llegan a esta situación, inician una carrera universitaria o rematan la que tenían inacabada. Claro que bastante tiene usted con el piano según me dice. ¿Nunca pensó dar a su «hobby» una proyección pública?

Con sincero afecto,

E. S.

23 de mayo

Estimada amiga:

Admito que mis cartas le produzcan a usted una impresión de serenidad, aunque, como diría el otro, la procesión anda por dentro. A pesar de mi apariencia flemática y controlada, soy hombre de temperamento nervioso; no duermo o duermo mal. Desde muchacho tengo problemas con el sueño. Esto y la acidez de estómago son dos de mis peplas. Al principio combatía la hiperclorhidria con almendras secas. El bicarbonato no lo tolero y tomaba almendras. Las almendras absorbían los ácidos y me aliviaban pero me producían sequedad de estómago y tardaba horas en digerirlas. El día que comía almendras perdía el apetito y mi difunta hermana Eloína me regañaba. Siempre he andado a vueltas con el estómago. Nunca lo tuve fuerte aunque tampoco me ha deparado graves padecimientos salvo la gastritis, prácticamente crónica, que padezco. Mi amigo y contertulio, el doctor Romero, niega que la gastritis sea una enfermedad aunque acepta que existen inflamaciones pasajeras de las mucosas que desaparecen en cuanto eliminamos las causas. Yo le respondo que, entonces, se puede admitir la existencia de gastritis circunstanciales, pero él dice que eso es como cuando la piel se ortiga, un accidente, nunca una enfermedad. No nos ponemos de acuerdo, pero lo cierto es que mi hiperclorhidria, siempre latente, se declara a temporadas, aunque me someta a una rigurosa dieta de leche y, otras, en cambio, no la siento aunque almuerce una fabada con todos los aditamentos. Con una particularidad: Mi acidez cede si me tiendo en la cama del lado izquierdo y se exacerba si me vuelvo del lado derecho. Esto me llevó a pensar en una úlcera, pero, tras una serie de exploraciones, los médicos la han descartado. Más vale así.

Durante años relacioné mi estómago delicado con mi mal sueño, y puse en práctica una serie de experiencias pero, al comprobar que incluso las noches que no cenaba sufría pesadillas, deseché esta idea. Pensé, entonces, en la influencia del hígado y, a lo largo de medio año, me sometí a un régimen vegetariano, muy rígido a la hora de la cena, pero las cosas no variaron. En vista de mis fracasos, inicié un tratamiento con tranquilizantes y, después, con somníferos, pero todo continuó igual. En realidad, insomnios, lo que se dice insomnios, no padezco, luego el tratamiento con somníferos no procedía. Yo suelo coger el sueño sobre las dos de la madrugada, después de leer un rato, pero se trata de un falso sueño, un sueño superficial, una larga pesadilla. Tampoco es exacto hablar de pesadillas en sentido lato, es decir, por ponerle a usted un ejemplo, las que me asaltaban de chico: Pretender huir y no poder mover las piernas, encontrarme prisionero en una angostura que me impide rebullir y casi respirar, etc. Mi pesadilla actual es muy distinta: Sueño que estoy despierto, o bien, estoy despierto y pienso que estoy dormido. No lo sé, todavía no he acertado a dilucidarlo. Lo incontestable es que yo puedo retornar a la vigilia tan pronto me lo proponga. En ocasiones, desazonado en mi duermevela, cuento corderos imaginarios o sigo mentalmente el itinerario de un tendón desde un dedo del pie hasta la ingle, pero no me duermo, o, si lo hago, sueño que cuento corderos o que sigo el itinerario de un tendón hasta la ingle. ¿He estado, en realidad, contando corderos o siguiendo tendones sin conciliar el sueño, o he soñado que contaba corderos y seguía tendones durante toda la noche? Lo ignoro y de ahí mi drama.

Llegado a este punto, comienza la pugna por conseguir la inconsciencia plena, un sueño profundo, la desconexión total de las neuronas. Empeño vano. Cuanto mayor es la voluntad de dormir más fácilmente se impone la vigilia. Y ya, en esta tesitura, uno aboca, como último recurso, a los remedios neuróticos: gotas en la nariz, tapones para los oídos, el antifaz... Entre todos ellos, hay uno verdaderamente ingenioso: los tapones. ¡Qué manera tan simple de eludir el mundo! Con los tapones le da usted al sentido del oído, tan maltratado el pobre, unas prudentes vacaciones. El aislamiento que procuran angustia un poco al principio pero, tan pronto uno se habitúa, encuentra la paz: no existen motores, televisión en el piso vecino, transistores, ni frenazos... Si siente usted la tentación de probarlos, rehúse los tapones de goma y ensaye los de cera, cera blanda, maleable, que se adaptan perfectamente a los orificios de los oídos (apenas escrito esto me asalta la sospecha de que los tapones puedan ser la causa de mis pesadillas al dejar prisioneras las ideas dentro de la cabeza, bordoneando dentro del cráneo, como moscas en un fanal; habré de someterme a nuevas experiencias).

Naturalmente, señora, he leído a Freud. Juzgo sus libros estimables como teoría pero nada más. No creo en el psicoanálisis como terapéutica ni en los sueños como realización de deseos o liberación de represiones. Si esto fuera así, mis sueños, creo yo, tendrían otro carácter. Pero soñar una y otra vez que estoy en vela, ¿qué significado tiene dentro del mundo onírico freudiano de la libido y la represión?

32

Mi amigo y contertulio el doctor Romero me recomendó un día permanecer menos tiempo en cama. Su razonamiento era discreto: sueño más breve, sueño más profundo. A partir de los cuarenta, me dijo, carece de sentido el viejo esquema de los tres ochos. Ensayé, pero el remedio fue aún peor que la enfermedad. De noche, la pesadilla subsistía y por el día vagaba de un sitio a otro como una sombra, tronzado, incapaz de concentrarme, de lo que deduje que permanecer ocho horas en cama, despierto o soñando que lo estaba, me era imprescindible.

Después de largas reflexiones he concluido que esto mío es una enfermedad profesional. El periodismo, que nos hace trabajar de noche y dormir de día, invierte el orden natural para el que el hombre ha sido construido. Se produce así una desacomodación. El sueño de día, no repara, y el trabajo de noche se consigue a base de excitantes y estímulos artificiales (la misma profesión lo es). Durante los casi cuarenta años que permanecí en activo rara vez me acosté antes de las cuatro de la madrugada y, con frecuencia, me retiraba a descansar estando el sol en el cielo. Argüirá usted que hay muchos periodistas que duermen como lirones, pero esto no es argumento. La silicosis es mal de mineros y son muchos los mineros que no la padecen. En suma, yo, así viva mil años, nunca podré adaptarme al horario de los trabajadores normales. Soy un enfermo incurable.

Pero me temo, amiga mía, que en estas cartas primeras le hablo demasiado de mí, aunque bien mirado, nuestra correspondencia se inició con la finalidad de conocernos y, en buena lógica, no sería honrado silenciar aspectos de mi persona que me parecen fundamentales. Mis líneas de hoy responden a su afirmación de que mis cartas le comunican una apacible sensación de serenidad. Tratar de aparentarla ante sus ojos sería una hipocresía. No soy hombre sereno, ni mucho menos imperturbable, aunque haya logrado un cierto dominio sobre mí mismo. En lo que atañe a las suyas, a sus cartas quiero decir, responden a una lógica cartesiana. No hay gratuidad en ellas, unas cosas se apoyan en otras, están machihembradas como una primorosa obra de carpintería.

Creo que se equivocó usted al abandonar sus estudios de Letras tras aprobar los Comunes. Admito los celos de su marido, entonces su novio, ya que hace ocho lustros las muchachas no hacían número en la Universidad y las relaciones hombre-mujer se entendían de otra manera. Pero nunca es tarde. Le hablaba días pasados de las madres maduras americanas, de su vuelta a los estudios una vez que sus hijos adquieren vuelo propio, no las necesitan. ¿Por qué no se matricula usted? El estudiante ideal sería aquel que dispusiera de las facultades de los veinte años y la experiencia de los cincuenta. A nuestros universitarios les falta lo segundo; a usted, lo primero. El problema estriba en descifrar cuál es más importante.

Con afecto y respeto,

E. S.

26 de mayo

Estimada amiga:

Me llega la suya en el momento de salir para el pueblo. Ando metido en obras allí, independizando el desagüe del baño del de la cocina que resultaba insuficiente. Tengo la casa patas arriba. Como el Ramón Nonato está enfermo, con un lumbago que le tiene paralizado, he contratado a un albañil de aquí, de la ciudad. ¿Sabe lo que me lleva por jornada? Cuatro mil pesetas y mantenido. ¿Sabe lo que cuesta un kilo de filetes de novilla en Cremanes? Setecientas pesetas. Más que aquí, en la capital, cuando la capital se abastece de reses de allá. ¿Hay quien entienda esto? ¿Le parece a usted serio que el gobierno nos diga que la vida subió un 0,8 por 100 el pasado abril? Una consulta, señora: el enlosetado de cocina y baño. ¿Baldosas o gres? Los amigos me recomiendan esto último. ¿No cree usted que pueda resultar un poco fúnebre? La escribiré con calma. Saludos afectuosos,

E. S.

28 de mayo

Estimada amiga:

Se interesa usted en su última por la forma en que
llegué al periodismo, cómo, sin estudios previos, pude
alcanzar el cargo de redactor. Bien mirado, aquello fue
fruto de una serie de circunstancias que ni aún hoy, al
cabo de los años, resulta fácil explicar. Le hablé en su
día de mi presentación a don Juan Guereña, el gerente, la buena impresión que me produjo. A partir de entonces empecé a trabajar en el periódico, en principio
un poco de comodín, pues lo mismo echaba una mano
en la sección de fotograbado, que atendía a la centrali-
ta, que desempeñaba el papel de ordenanza de redacción. Esto último, que venía a ser un enlace entre la
redacción y el taller, era lo que más me agradaba. Aquello era ya periodismo, puesto que manejaba informaciones, que, clasificadas en secciones y en letras de
molde, aparecerían en el diario a la mañana siguiente. Al cabo de pocos meses quedé fijo en esta sección.
Por aquel tiempo, los redactores, aparte la información local, se dedicaban a hinchar los escuetos telegramas que se recibían de Madrid, noticias políticas, prin-
cipalmente, sí que también sucesos y acontecimientos
internacionales. Una verdadera labor de creación.
El redactor no disponía sino del núcleo argumental,
que aderezaba, mediante pocos libros y mucha imaginación, con circunstancias de lugar y de tiempo.
En el trayecto hasta las linotipias, en las escaleras
y, sobre todo, en el túnel, yo leía apasionadamente las
informaciones de que era portador ya que siempre
sentí una viva curiosidad hacia los papeles impre-

sos. De esta manera inicié mi formación periodística. Hoy puedo afirmar sin jactancia que el trayecto de la redacción al taller (el largo pasillo, el tramo de escaleras de hierro y el húmedo túnel de acceso) fue mi Universidad.

Al cabo de dos años se produjo en el diario una importante novedad: la instalación del primer teletipo. ¿Puede usted imaginar, amiga mía, lo que supondría la incorporación de un ingenio que por sí solo reproducía en caracteres tipográficos lo que otra persona tecleaba en Madrid? ¡Una máquina que escribía sola! ¡Una auténtica revolución! Con su advenimiento cesaron los telegramas pero también, ¡ay!, se acabó la imaginación. El volumen de noticias era ahora excesivo, algunas noches abrumador. Se hacía indispensable seleccionar. El redactor ya no precisaba hinchar, sino, al contrario, desembarazarse de ganga, extractar, ya que en aquellos años se tiraba un periódico de seis páginas y la información del teletipo rebasaba lo que cabía en ellas. La esencia del oficio se invirtió, pues. El quehacer, sin embargo, continuaba siendo fascinante y yo acechaba a toda hora el rodillo del teletipo, donde iba surgiendo, letra a letra, la historia de cada día. A intervalos, cortaba en tiras el rollo sin fin, troceaba cada tira y pegaba las noticias en cuartillas antes de pasarlas a redacción. Después, en el túnel, observaba lo suprimido y lo realzado en los titulares y de este modo iba aprendiendo a separar el grano de la paja, a apreciar la síntesis como ejercicio intelectual.

Redactores y linotipistas me habían acogido bien y todos, incluso Hilario Diego, el regente, que después moriría absurdamente de una caída, desnucado en plena calle, y era hombre de carácter difícil, me estimaban. Al poco tiempo, don Juan Guereña, a petición mía, me asignó la plaza de ordenanza de noche, lo que me permitía asistir a la consumación de un proceso que desde el primer momento me había deslumbrado. Fui conociendo así el ajuste, la estereotipia, la confección de tejas y cartones y, finalmente, ya de madrugada, el momento culminante, la tirada del periódico. Noche tras noche asistía, literalmente transportado, a aquella ceremonia y los domingos, que descansábamos, se diría que me faltaba algo. Yo necesitaba, como del aire, del olor a tinta fresca, del rodar de las bobinas, del bum-bum de la rotativa, de las timbradas intermitentes, de la excitación, en fin, que acompaña cada noche al alumbramiento. Hacia las cuatro de la madrugada me retiraba a casa con el periódico del día, la tinta aún fresca y olorosa, entre las manos. Pero, pese a las altas horas, mi difunta hermana Eloína me aguardaba levantada y, aunque ya no era yo ningún chiquito, me tomaba en brazos, me acunaba y me hacía contarle con pelos y señales las novedades del día.

A estas alturas me había ganado la confianza de los compañeros y raro era el día en que don Fernando Macías, el director, el señor Hernández o Baldomero Cerviño (tan cabal amigo mío, luego; tan fiel) no me encomendaban la redacción de alguna gacetilla. Una noche, el director elogió una breve glosa mía y aquello fue para mí como el espaldarazo, me envaneció, empecé a creerme alguien, de tal modo que, a partir de entonces, yo mismo, en cuanto disponía de un rato libre, solicitaba algún quehacer. Así me familiaricé con el «cajón de los tópicos», como decía agudamente el señor Hernández, y, en poco tiempo, asimilé cosas sustanciales, como, por ejemplo, que las muertes acaecidas antes de los cuarenta años eran «prematuras» y el difunto «malogrado»; las mujeres, «virtuosas» a partir de los cincuenta; «bizarros», en cualquier caso, los militares y «probos», los jueces. La relación no era larga ni difícil y, como usted imaginará, a las pocas semanas distribuía aquellos adjetivos con propiedad y desenvoltura, como un auténtico profesional. Y por ahí vino mi primer tropiezo, experiencia que aún no he olvidado, a cuenta de la necrología de la dueña de una casa de trato a la que yo ingenuamente, por aquello de rebasar la cincuentena, califiqué de «virtuosa», lo que me valió una acerba reprimenda de don Fernando.

Este régimen de vida duró, más o menos, tres años, hasta 1936 que se produjo el Alzamiento Nacional y yo, como tantos otros, fui movilizado. A mi regreso, encontré la redacción de *El Correo* un tanto alterada. Durante la etapa republicana el diario se había manifestado no sólo acorde con su tradición liberal sino yo diría un poco de la cáscara amarga y la empresa temía, con cierto fundamento, su incautación. Sin embargo, a estas alturas, Madrid ya no necesitaba incautarse de *El Correo*, puesto que este periódico, como toda la prensa nacional, quedaba sometido a las consignas del Ministerio, convertido, de grado o por fuerza, en portavoz de los principios del Movimiento. Por lo demás, salvo mi anhelo por ingresar en la redacción, cada día más vivo y apremiante, las cosas no habían variado. Una noche, Baldomero Cerviño me animó a matricularme en un cursillo intensivo convocado en Madrid para profesionales que, trabajando en una redacción, carecieran aún de carné. Le respondí que el proyecto era inviable puesto que no tenía el grado, ni estaba en redacción, pero Baldomero, que no se arredra ante nada, recomendó el caso a un viejo conmilitón, Mamel López Artigas, hombre activo y muñidor, políticamente situado, quien hizo la vista gorda de mi condición subalterna, me dispensó de la asistencia al cursillo (que para mí suponía un desembolso económico considerable) y cuatro meses más tarde me remitía el carné, con el número de inscripción en el registro, por correo certificado. La jugada fue redonda y, sobre todo, oportuna pues según manifestó el propio Artigas, en lo sucesivo, para ser periodista no sólo se exigiría el grado sino una carrera de cinco años en una escuela especial, medida cauta y prudente para acceder a una profesión de tan alta responsabilidad.

Casualmente en los meses que mediaron entre mi solicitud y la obtención del carné, y acaso relacionado con ello, don Fernando Macías, el director, y tres redactores de *El Correo* fueron depurados por el Tribunal de Represión de la Masonería y el Comunismo, ignoro si por comunistas o por masones. Total, que la redacción se quedó en cuadro y la Dirección General de Prensa, para evitar posibles desviaciones, impuso como nuevo director a un conocido botarate, Bernabé del Moral, personaje que se había distinguido mucho en la guerra pero cuyas dotes periodísticas eran nulas. Bernabé, consciente de sus limitaciones, me citó un día a tomar café y me propuso secundarle, ayudarle a enveredar ideológicamente el periódico, cometido que acepté de mil amores puesto que la línea reticente y solapada de *El Correo* no iba con mi carácter. Y así fue, amiga mía, como de golpe y porrazo, me vi convertido en redactor del periódico, mi sueño de tantos años, objetivo por el que tanto había suspirado.

Pero advierto que me estoy extendiendo demasiado. Es posible que mis cartas le infundan a usted una sensación de serenidad pero tampoco debo abusar de su paciencia. Y el caso es que aquí, en esta atmósfera apa-

cible, con el vallejo de frutales a mis pies, podría seguir escribiéndole durante horas sin fatiga.

Mañana, con harto sentimiento, regresaré a la capital. Contésteme pronto, no se emperece.

Besa sus pies,

E. S.

2 de junio

Apreciada amiga:

¿Dice usted que cómo me las apaño? Muy sencillo. Dispongo de una criada que me limpia el piso y me prepara las comidas. A la muerte de mi difunta hermana Eloína, pasé unas semanas desalentado pues aunque al anuncio del periódico acudieron aspirantes como moscas, ninguna era de recibo. Yo necesitaba una mujer de peso, con experiencia, cosa, por lo visto, nada fácil en estos tiempos. Al fin, la esposa de Arsenio, el tendero, me habló de una extremeña de media edad, responsable y de fiar, que precisamente buscaba una casa tranquila. Conecté así con la buena de Querubina, una mujer que frisará los cincuenta, fondona y trasojada, que todo lo que tiene de testaruda lo tiene de laboriosa. Para que me entienda usted, es una especie de ama de cura sin cura, que era propiamente lo que yo necesitaba.

No le oculto que el cambio de mi difunta hermana Eloína por esta mujer ha significado para mí un calvario. El celo, la intuición doméstica de Eloína, no se pueden improvisar. Diríase que en vida de mi difunta hermana, las cosas se hacían solas, no se advertía que anduviera nadie tras ellas. A las siete, en invierno y en verano, ya andaba en danza, ventilando las habitaciones delanteras, cuidando de no despertarme, cosa harto sencilla pues desde hace qué sé yo los años, duermo con los oídos tapados, como creo le dije ya. A pesar de ello, en mi duermevela, percibía los discretos ecos de su actividad, pero eran tan tenues que, lejos de desasosegarme, me relajaban. A las once y media en punto, entraba de puntillas en mi habitación, abría las contra-ventanas y me acercaba a la cama un té con limón y unas rebanadas de pan tostado con mermelada y mantequilla. Un desayuno frugal. Tras mi viaje a Estados Unidos, que realicé con otros periodistas, invitados por el Departamento de Estado, intenté adoptar el horario americano, más acorde con mi trabajo, pero pronto hube de desistir. A primera hora de la mañana, mi estómago está aún remiso y por mucho que le estimule es incapaz de digerir una palomita de maíz y no digamos un huevo frito. Un té y una pequeña tostada es lo único que acepta sin rechistar. No obstante, allí, en América, tal vez por la novedad, el cambio de horario, o la vida ociosa, me desayunaba un par de huevos con jamón, cereales y café con leche, sin acusar problemas de digestión. Con este remiendo y, sin emparedado por medio, podía tirar desahogadamente hasta las seis y media de la tarde, hora de la comida formal. Pues bien, esto que allí era norma, resulta impracticable aquí. ¿Por qué? No lo sé. Pero si a poco de levantarme ingiero un refrigerio de esta naturaleza es como si tabicara mi estómago con cemento; no hago vida de él.

Mientras me aseaba, mi difunta hermana hacía mi habitación. No vea usted el amor que ponía en ello. De siempre dormí en una gran cama de matrimonio, la vieja cama de mis difuntos padres que nos trajimos del pueblo, y Eloína, como desde un costado no alcanzaba el otro, alisaba la sábana bajera con una vara. Después remetía cuidadosamente la ropa de los pies procurando abolsarla a fin de que no tirara, ya que a mí no me molesta tanto el peso de las mantas como su presión. La misma meticulosa ternura ponía en el mullido del almohadón, cargando los extremos de miraguano y dejando el centro, donde reposo la cabeza, más ligero y mollar. Eran, yo lo comprendo, concesiones al sibaritismo, detalles puntillosos que, por la fuerza de la costumbre, terminaron por parecerme naturales, pero que ahora, ante la impericia de mi bienintencionada pero ruda ama de cura, he de realizar yo personalmente cada noche antes de acostarme.

Mi piso no es grande ni pequeño, ni antiguo ni moderno. Fue la primera casa que se construyó en el Ensanche allá por los años 50 y, aunque entonces hablaron de una superficie habitable de ciento sesenta metros cuadrados, yo creo que en esas medidas incluyeron balcón, terraza y hasta el descansillo del montacargas. Aparte el despacho, y el living-comedor, cuenta con tres dormitorios, más que suficientes para mis necesidades actuales pero lo justo en vida de mis difuntas hermanas, puesto que ellas, dado su carácter y habituadas a la casona del pueblo, nunca quisieron compartir la habitación.

El edificio, por supuesto, no es tan sólido como los de principios de siglo, ni tan liviano como los actuales, pero con los años le ha salido un serio inconveniente, las goteras. En la época en que se construyó no existían los detergentes actuales que, a lo que se ve, corroen las viejas tuberías de plomo, con lo que, cada sábado y cada domingo, andamos a vueltas con los fontaneros. La deficiencia es de tal monta que pensé seriamente en la posibilidad de mudarme, ya que hoy me bastaría un apartamento con los servicios centralizados (en mi casa caliento el agua con termo y he electrificado la calefacción, con el precio que eso tiene). Con este fin miré algunos pisos por el Barrio Nuevo, pisitos coquetones de cincuenta a cien metros cuadrados, salón desahogado y un par de dormitorios pero, ¿imagina usted a qué precio? Tres millones y medio los más baratos que, naturalmente, son los más chicos y, en renta, no encuentra usted uno ni por casualidad.

En otros barrios, sí hay pisos en alquiler, que no rentan menos de treinta mil pesetas mensuales, esto es, sobre poco más o menos, el sueldo medio de un español con automóvil. Y el caso es que este problema ya no es específico de las ciudades. En mi pueblo, en Cremanes, la hermana de mi difunto tío Baruque cedió gratis una era a un pintor hace lo menos veinte años, únicamente por el capricho de que se edificara una casa nueva en el pueblo, cosa que no recordaban ni los más viejos de la localidad. Bien, pues ahora se pagan trescientas, cuatrocientas, y hasta medio millón de pesetas por un huertecito de media obrada para levantar en él un chalé. Y aún le diré más, en la explanada que se extiende delante de la casa de mi difunta prima Casilda, la más antigua del pueblo, blasonada y con arco de dovelas en el zaguán, han construido un burdo edificio de cinco plantas, con pisos que no llegan a los ochenta metros cuadrados y se venden a dos millones de pesetas. ¿Para aproximar la ciudad al campo? Quiá, no lo crea usted, la gente de la ciudad acaba de descubrir los pueblos y en un impulso gregario, como son hoy todos los impulsos, se vuelca en ellos pero no para adaptar su vida al ritmo rural sino para transferir a ellos el espíritu hedonista y decadente de la gran ciudad.

Mi régimen de vida, desde la jubilación, no puede ser más metódico. Me levanto sobre las diez de la mañana, dedico una hora a mi aseo personal, desayuno y me encierro en el despacho, leo el diario y escribo, bien cartas, bien algún artículo para *El Correo* o para la Agencia Tres donde colaboro desde 1961. A la una me doy un largo paseo hasta la hora de comer. El itinerario varía de acuerdo con el clima y la estación aunque siempre procuro buscar aire puro. Tras el almuerzo, ojeo los periódicos de Madrid, veo un ratito la televisión, resuelvo un par de crucigramas y me lanzo a la calle pues rara es la tarde que no hay una conferencia, una exposición o un acto de interés. Al regreso, Querubina me lleva la cena a la sala en una bandeja y, bien arrellanado en un sillón, veo la televisión hasta el cierre. A las doce y pico me acuesto y leo un par de horas, no novelas españolas, de ordinario llenas de sexo y demagogia, sino novelas extranjeras de alcance mundial. A propósito, ¿ha leído usted *Holocausto*? ¿Vio la versión de la novela en televisión? ¿No será un exutorio del capitalismo judío? Me gustaría conocer su opinión.

Con todo afecto,

E. S.

8 de junio

Querida amiga:

No, en contra de lo que usted cree, no soy un televidente empedernido. Entiéndame, suelo ver la televisión un ratito por las tardes, el final del telediario, «La Hora 15» y el espacio que sigue. Y no todos los días, por supuesto. De noche, sí. El tiempo que dedico por las noches a la televisión, rara vez baja de un par de horas. ¿Qué quiere usted? Es la manera de disponer de un interlocutor al que puede usted callar la boca si le resulta inoportuno. Y aún le diré más: A mí no me parece la televisión tan mala como dicen. La televisión no es buena en ninguna parte, si lo fuera, si fuera objetivamente buena, sería mala, es decir el noventa por ciento de los espectadores que carecen de finura, de rigor intelectual, la reprobarían. El quid radica en no dejarse engatusar por la televisión, evitar pasarse ante el aparato las horas muertas. ¿Cómo? La receta es sencilla: seleccionando espacios. ¿Ha probado usted de seleccionar espacios, amiga mía? Hágalo, se lo recomiendo; es muy saludable. La caja, entonces, deja de ser tonta y pasa a ser entretenida, en ocasiones incluso enriquecedora.

Yo no vi la televisión con asiduidad hasta hace cosa de ocho años que me fracturé el peroné de la pierna izquierda, y estuve inmovilizado casi dos meses. Una mala pisada en el taller, sin la menor violencia. Según dicen, hay ocasiones en que la disposición de las piernas en relación con el peso del cuerpo posibilita estas fracturas; accidentes tontos pero de enfadosas consecuencias.

Mi difunta hermana Rafaela sí era una televidente contumaz. En vacaciones y durante los últimos años, a raíz de su jubilación, permanecía horas y horas ante el televisor como hipnotizada. Consciente de su afición, y a pesar de que no los regalan, adquirí un receptor en color para sorprenderla. ¿Qué será esto del color que a todos nos encandila? Los hombres llevamos dentro algo del niño que fuimos o del ser primario que se oculta tras el barniz de seres civilizados, de tal modo que anteponemos la imagen cromática al blanco y negro. Sin duda el color no le añade nada a la imagen como expresión artística pero convierte cualquier retransmisión baladí en un pequeño espectáculo.

Mi difunta hermana Rafaela continuaba atractiva a sus setenta años. A veces, cuando estaba abstraída ante el televisor, yo la observaba complacido, sin que ella se diera cuenta: su frente recta, que ella cuidaba de no despejar del todo; su nariz pequeña, de aletillas vibrátiles, sensuales; sus labios carnosos; sus pómulos prominentes y, ante todo, su piel, fresca y estirada, incluso en el cuello, sin pliegues. De chiquito miraba a mi hermana como a una diosa, su cuello altivo, sus pugnaces pechitos insolentes, su cintura flexible, inverosímil, realzada por las curvas rotundas, ondulantes, de sus caderas. Era una belleza singular Rafaela, que acrecía con su actitud displicente, levemente desdeñosa hacia todo, en especial hacia los hombres. Con Sergio, el capitán de Regulares, del que le hablé en otra carta, su actitud no cambió, al menos en apariencia. Jamás vi a mi hermana ensimismada, afligida o exultante por este motivo. Se dominaba o era una mujer fría que no experimentaba los sentimientos o las pasiones que mueven al resto de los mortales. No obstante, en principio, envidié a Sergio, luego, incluso, llegué a odiarle y, aunque esto no debería decírselo, cuando cayó en Igualada simulé cierta contrariedad pero, en el fondo, me sentí liberado de un peso. Me resultaba insoportable la idea de que Rafaela me abandonara y tuviera *otra casa con él*. Necesitaba su presencia periódica, la certeza, cada vez que se ausentaba, de que volvería, y, también, aunque le parezca extraño, su virginidad.

La señorita Paz, la maestra de quien me enamoré a los diez años, guardaba cierta semejanza con mi hermana. Aparte de ser maestra como ella, tenía la misma malicia relampagueante en sus pupilas oscuras, la misma calidad de carne. Ahora pienso que por eso me enamoré de ella y le dedicaba versos, algunos, Dios me perdone, rayando en lo erótico. Entre mi difunta hermana Rafaela y la señorita Paz había otra cosa en común: sus movimientos lentos, como emperezados y, al mismo tiempo, con algo felino, sinuoso, inquietante, cargado de sensualidad. El atractivo de Rafaela era de tal naturaleza que ni a mí, que era su hermano, me dejaba indiferente.

Voy a sincerarme con usted: Creo que lo que en última instancia me decidió a tomar la pluma y escribirle después de leer su nota, fue una curiosa coincidencia: mi difunta hermana Rafaela pesaba un kilo menos que usted, medía lo mismo que usted, uno sesenta, y por lo que usted dice, tenía su mismo aire juvenil. Al leer su mensaje, me la imaginé talmente como ella era, grácil, insinuante, la tez oscura, las extremidades largas y flexibles, la mirada caliente... ¿Me equivoco? Si no lo considera impertinente, me agradaría recibir una fotografía suya, una fotografía actual, a ser posible no de estudio. Aborrezco el artificio del estudio, la sonrisa estereotipada, el escorzo previsto, el retoque... En todo me gusta la espontaneidad, lo directo e improvisado. En las contadas ocasiones en que he acudido al estudio de un fotógrafo me he sentido cohibido, amedrentado como en la antesala del dentista. Luego, los preliminares: levante usted la barbilla, la mirada por encima de la cámara, las manos en el regazo, no se mueva... ¡Atroz! Finalmente el objetivo de la máquina apuntándonos. Realmente irresistible. Prefiero sentir enfocado hacia mí el cañón de un revólver que una máquina de retratar, créame.

Este modo de supervivencia, la fotografía, no me tienta lo más mínimo. Antaño, en mi pueblo, la gente se retrataba al salir de la gripe, cada dos o tres años. Nunca me he explicado esta costumbre. Como es previsible, las cartulinas reflejan unos rostros ajados, macilentos, todavía con la tristeza de la enfermedad en los ojos. Digo yo que la finalidad estribaría en poderse mirar luego al espejo y comparar: «Cuánto he mejorado; cada vez me alejo más de la muerte». En todo caso se trataba de una excéntrica tradición que no creo perdure hoy ni entre los viejos. Los jóvenes, desde luego, son ya de otra manera.

Tal como la imagino, no merece usted tener una nieta de diez años, la mayor según me dice. Cierto que se casó joven y su hija no menos, pero así y todo. En cualquier caso, el hecho de convivir con su hija, su yerno, dos nietecitas y un hijo soltero le facilita a usted unas posibilidades de comunicación de que yo carezco, lo que tal vez explique su desdén por el televisor. ¿Qué falta le hace a usted? Mi caso es diferente. Y, desde esta altura de la vida, pienso a veces si no habría adelantado más casándome a su tiempo. El matrimonio, como el suicidio, es contagioso. En mi familia han abundado los célibes. De cuatro hermanos vivos (nacidos fuimos ocho) únicamente se casó el mayor, Teodoro, y de la familia de mi difunta madre, sólo ella; sus hermanos Onofre, Bernardo, Sixto y Leoncio quedaron solteros y resultaron flojos, no alcanzó ninguno los setenta años y, a excepción de mi difunto tío Leoncio que emigró a la Argentina, y reposa en La Chacarita, todos están enterrados en Cremanes.

Como podrá comprobar, los antecedentes familiares influyen en el hombre tanto como los genes y el medio, a no ser que sean los genes y el medio los que determinan aquellos antecedentes. Pero probablemente, si mi difunto tío Onofre, el patriarca, que gloria haya, se hubiera casado en su día, todos hubiéramos ido cayendo detrás, como los bolos. Los hombres, incluso las familias y las comunidades, nos regimos por rutinas.

Disculpe tanto pormenor familiar y reciba un saludo afectuoso de s.s.s.q.b.s.p.

E. S.

18 de junio

Querida amiga:

¡Oh, no, por favor! No recuerdo bien los términos de
mi última pero creo que ni por broma debe usted con-
siderarme un sátiro incestuoso. Con mi difunta hermana
Rafaela, salvo los últimos años, a raíz de su jubilación, conviví poco, de ahí que, en cierto modo, la considerase una forastera. Y de ahí, acaso, también la des-
lumbrante fascinación que siempre ejerció sobre mí.
¿Enamorado yo de Rafaela? ¡Qué disparate! No debe
usted concluir esto de mi ferviente admiración por
ella. La asiduidad desmitifica y, posiblemente, si Rafaela, como Eloína, no se hubiera separado de mi lado,
nunca hubiera reparado en su altivo esplendor. Pero
mi difunta hermana Rafaela venía para ausentarse y,
cada vez que se presentaba, yo descubría en ella algo
nuevo, un mohín, un gesto, un ademán que hasta aquel
momento me había pasado inadvertido. Y, admito, incluso que, al abrazarla, me estremecía, como si estre-
chara entre mis brazos a una hermosa mujer ajena a la
familia. Pero ¿cabe deducir de esto que estuviera enamorado de ella?

Anoche, ya acostado, le escribí a usted mentalmente
esta carta media docena de veces y, a cada redacción,
agregaba un matiz que consideraba concluyente. Ahora, en cambio, a pesar de tanto ensayo, me encuentro
seco, el hilo conductor se ha roto y el venero de ideas
que anoche fluía de mi cerebro, se ha agotado. Me
siento corto, torpe, sin recursos. Esta sequedad no es
infrecuente en mí. Se diría que por las noches renazco
de mis cenizas y mi cerebro entra en una fase de luci-

dez que no conoce durante el día. ¿Reminiscencias profesionales? No la digo que no. Lo cierto es que anoche, in mente, mi carta era razonada y persuasiva y hoy está muy lejos de serlo. Diríase que alguien ha pasado por mi cabeza un trapo húmedo como si fuera un encerado. ¿Cómo disuadirla a usted acerca de mis sentimientos hacia mi hermana? No acierto, mi cerebro es incapaz de organizarse. En ocasiones, ya en la cama, cuando algo por trivial que sea me desazona, tengo la fuerza de voluntad de levantarme y esbozar un guión en una cuartilla con objeto de apresar la coherencia, la estructura del discurso, lo que pretendo decir y en qué orden debo decirlo. Únicamente así, sabiendo hilvanado mi razonamiento, puedo acostarme tranquilo. Y ¿qué resuelvo con ello? Apenas nada. A la mañana siguiente ese guión no me orienta, no florece, es como un tronco sin savia, nada me sugiere. La víspera hubiera rellenado ese esqueleto con carne enjundiosa pero, tras una noche en vela, apenas soy capaz de arrimarle un poco de carroña para disimular su monda blancura. Lo que ayer era un esquema apretado y vivo, puesta en marcha de toda una serie, bien engarzada, de especulaciones, es hoy una relación de palabras inertes, sin proyección posible, como escritas por otra mano.

Pero volvamos al objeto de mi carta, ya que si hoy tomé la pluma fue para tratar de demostrarle a usted que en mi relación con Rafaela no existió nada turbio, ninguna inclinación indigna y, pese a mi cerebro atorado, de alguna manera he de cumplir mi propósito. Ya sé que usted bromea al llamarme sátiro incestuoso pero tampoco me absuelve del todo. Entre líneas subyace una reticencia socarrona, una deliberada voluntad de dejar las cosas en el aire, porque, en el fondo, usted está convencida de que con Rafaela yo pequé, al menos de pensamiento. Y llegados a este punto, yo me pregunto: ¿cómo sujetar, controlar, dirigir, nuestro propio pensamiento? ¿No vuela el pensamiento, en ocasiones, con alas propias, ajeno a nuestro propósito, a nuestra voluntad?

De chiquito, allá en el pueblo, cuando anduve enamoriscado de la señorita Paz, la maestra, cada vez que me confesaba con don Pedro Celestino, el cura, le decía lo mismo: «Creo que he tenido malos deseos, señor cura». Y él, invariablemente, me respondía: «¿Cómo que crees? Y si no lo sabes tú, ¿quién va a saberlo?». Pues aquí donde me ve aún no he resuelto el problema. Aunque uno se diga con la boca o con la cabeza que no desea, tal vez desee. ¿Cómo impedirlo? ¿Basta con no plegarse a ese deseo, las más de las veces porque su satisfacción no está a nuestro alcance, para no quebrantar la ley moral? Otro tanto le digo de la envidia. ¿No lleva el envidioso el infierno en su pecado? ¿No daría media vida por no serlo, por no arrastrar a cuestas tan pesada carga?

Pero dejémonos de disquisiciones morales. Hay otro extremo en la suya que no quisiera dejar sin comentario. ¿A santo de qué voy a tener reservas hacia los andaluces? Entiendo que el andaluz es un pueblo vital, al estilo del napolitano en Italia, que si en su patria chica no da lo que tiene dentro es porque no se le facilita oportunidad. Me hacen gracia los andaluces y de manera especial las andaluzas siempre que no sienten plaza de graciosos oficiales. No sé si me explico. Hay andaluces que por el simple hecho de serlo se consideran en el deber de ser graciosos y andan todo el día de Dios de cuentos y chascarrillos. A mí, estos graciosos oficiales, no me divierten. Todo lo forzado, lo que exhibe ostentosamente una marca de fábrica, me encocora. Me gusta, en cambio, el andaluz espontáneo, con su ceceo y su chanza innatos, que no intenta hacer de su salero un espectáculo. Como verá mi opinión sobre los andaluces es positiva y el hecho de que usted sea sevillana, lejos de una tacha, es para mí un incentivo. Por si fuera poco mi mejor amigo, casi diría mi único amigo, Baldomero Cerviño, aunque oriundo de Galicia, es andaluz, de Cádiz.

Querubina me avisa para comer. Otro día seguiremos charlando. La fotografía que esperaba no llegó. ¿Cuándo? Escríbame. No podría prescindir ya de sus cartas. Con afecto,

E. S.

Mi querida amiga:

Gracias, muchas gracias, infinitas gracias. Al fin he recibido esta mañana su fotografía y puedo asegurarle que desde que Querubina me la entregó no he dado pie con bola. Parece mentira que una cosa tan insignificante pueda provocar en un hombre hecho y derecho tamaña conmoción.

Como de costumbre, hoy me había levantado un poco obnubilado, y ni el baño tibio, ni un aseo meticuloso, consiguieron aventar mi malhumor. He leído varios libros sobre yoga y control de la mente y todos ellos coinciden en un punto: la importancia de la respiración como elemento relajador. Inspiraciones lentas, profundas y sostenidas y expiraciones súbitas, ruidosas y residuales como si nuestro cuerpo fuera un neumático al que pretendiéramos desinflar de un solo golpe. Según la filosofía oriental, del uso que hagamos de los pulmones depende, en buena medida, la insatisfacción o la plenitud. Y algún fundamento debe de tener esto cuando yo en el campo me siento más equilibrado y resistente por el mero hecho de respirar aire puro. Otra norma aconseja hacer lo que traigamos entre manos, aunque sea una tarea intrascendente, enfrascándonos en ella como si en su resolución nos fuera la vida. El simple hecho de asearnos, pongo por caso, realizado con pausa, reflexivamente, puede convertir nuestro organismo tenso en un cuerpo laxo y relajado. Movido por esta esperanza, yo he hecho del aseo cotidiano un verdadero rito: Baño tibio, recreándome en la contemplación de mi vientre redondeado, emergiendo de las aguas espumosas como una isla, fricción, rasurado minucioso con hoja, a la antigua usanza, masaje del cabello, etc. Por regla general, inicio estas medidas higiénicas, mecánica, apresuradamente, pero, poco a poco, voy frenando, serenándome, buscando una fruición en ellas, de tal modo que, cuando concluyo, suelo ser una persona controlada, dueña de sí misma. Naturalmente hay excepciones. Hay veces en que la misma pretendida delectación, la voluntad de imponerme un ritmo sosegado, acrecen mi nerviosismo. Tal me sucedió esta mañana, ignoro la razón, aunque sospecho que, al menos en parte, usted tuvo la culpa.

Desde su anteúltima carta me siento avergonzado y perplejo. Entre bromas y veras, usted ha venido a plantear la relación con mi difunta hermana Rafaela en unos términos ambiguos, inimaginables para mí. Con la mejor disposición me examino, analizo mis sentimientos de entonces, los detalles contradictorios de mi trato con ella, pero no llego a conclusiones definitivas, en rigor no llego a ninguna conclusión. Este afán por alcanzar la luz y el convencimiento de no poder llegar nunca a la luz me desazonan y confunden.

Esta mañana no hallé sosiego en el baño. Fallaron los viejos trucos orientales; todo falló. Y cuando salí del aseo y sorprendí a Querubina, mi ama de cura, barriendo la sala con el escobón de la cocina, perdí los estribos y la armé un trepe desproporcionado. Ella me miró aquiescente, con su sumisa mirada perruna, sin decir palabra y esto me sublevó aún más. A la espiral de la ira, cuando nos asalta, hay que ponerle un tope para evitar la histeria. Los desahogos verbales no conducen a nada, a lo sumo a que nuestra cólera, que no nos impide reparar en la irrisoriedad de nuestras explosiones, se desborde y nos lleve a la ofuscación absoluta y completa. A veces pienso que muchos crímenes pasionales no se originan en el odio a la víctima sino en el odio a nosotros mismos, al desprecio que nos merece nuestra conducta arbitraria y, objetivamente considerada, grotesca.

En esta tesitura me encontraba esta mañana cuando llegó su carta con la fotografía. ¿Puede usted creer que todo cambió en un instante? Mi arrebato fue como uno de esos pequeños incendios abortados por el extintor de nieve carbónica. Cedió enseguida. Sonreí a Querubina que me entregaba el correo y me encerré en el despacho para que nadie me importunase. Y aquí me tiene usted ante usted, ante su vera efigie. De la edad de su nietecita (porque no dudo que será su nietecita la niña a la que usted hace cosquillas) deduzco que la fotografía debe de tener cinco o seis años. ¿Me equivoco? Y de su inactualidad colijo que tampoco es usted amiga de fotografías.

Del retrato me agrada, en particular, su sonrisa, una sonrisa franca, expansiva, frutal. No es la sonrisa de mi difunta hermana Rafaela. La suya, la de usted, es una sonrisa rubia, genuina, incondicional. La de ella, larvada y, en cierto modo, enigmática. Pero, ¿qué importancia tiene eso? Hay muchas sonrisas bellas o, mejor, hay belleza dentro de muchas sonrisas. Sus ojos son azules, ¿no es cierto? Los ojos claros son proclives a la miopía. ¿Usa usted gafas? ¿Lentillas tal vez? El riesgo de las lentillas estriba en su desprendimiento inesperado. Si estamos solos nos vemos disminuidos para encontrarlas y, si en compañía, no nos queda otro remedio que declarar la pérdida, esto es, hacer manifiesta nuestra deficiencia, si aspiramos a granjearnos una ayuda.

Yo soy miope desde chiquito, aunque mi difunto

hermano Teodoro se negó a comprarme gafas alegando que ningún niño en el pueblo las usaba. Y, en verdad, no le faltaba razón. Las gafas, en aquel tiempo, eran adminículos propios de viejos o de gentes urbanas, signo de inferioridad en todo caso. La compensación de la miopía precoz es que nos vacuna contra la presbicia. ¿Utiliza usted lentes para leer? Yo leo fácilmente sin ellos, bien que aproximando el libro a los ojos, pero no experimento la menor fatiga, es decir, la fatiga, cuando se produce, es una fatiga psíquica, un cansancio mental, nunca de los ojos.

Del conjunto de su fotografía, me atrae especialmente su vivacidad, perceptible en sus facciones y ademanes, su candorosa apariencia juvenil. Creo que su afirmación en *La Correspondencia* a este respecto era exacta. Usted es lo que por aquí decimos una viuda de buen ver. De sus brazos desnudos y, especialmente, de su cuello, infiero su buena calidad de carne. Yo antepongo a todo la calidad de carne. La calidad de carne es esencial en una mujer y, especialmente, en una mujer madura. Y no me refiero a la celulitis ahora. Me repelen lo mismo unas carnes fofas, fláccidas, blancas, que unas carnes secas, grasientas o musculadas. Odio el vello excesivo, pero no menos esas piernas depiladas, desguarnecidas, frías, como la piel de un reptil. Carnes prietas, densas, contenidas por una piel dorada, sedosa, de vello corto, suave y rubio como el de los melocotones, eso es. No se trata de estar más o menos llena, más o menos flaca, entiéndame, sino simplemente de que la carne, mucha o poca, que recubre el hueso, sea de buena calidad.

Mi difunta hermana Rafaela, durante los veranos en el pueblo, se tendía todos los días medio desnuda, a mi lado, en la galería. Era una de esas mujeres heliófagas, devoradoras de sol; nunca se saciaba. Y a mí me asombraba comprobar que el tiempo resbalaba por ella, que sustancialmente su cuerpo no varió de los treinta a los setenta años: los mismos muslos corridos, tersos, elásticos; los mismos pechitos erguidos, desafiantes; la misma cintura frágil, sin grasas, quebradiza. El cuerpo de mi difunta hermana Rafaela, de una carne de alta calidad, era un cuerpo que retaba a los años, sobrevivía sin acusar estragos, únicamente la muerte pudo con él.

Y ahora una súplica: ¿No podría usted enviarme una fotografía de cuerpo entero, un primer plano? En ésta, en el revoltijo que compone con su nietecita que ríe y se retuerce mientras usted le hace cosquillas, apenas se perciben, con su rostro, los antebrazos y una pantorrilla bien torneada. Pero a mí me agradaría contemplarla entera, sola, en un retrato de personaje, sin argumento. ¿Se avendrá a complacer a este viejo admirador? Entiéndame, la presencia de la niña, que con su risa inocente refresca el cuadro, no me incomoda en absoluto pero dispersa mi atención, y es usted, sólo usted, lo que verdaderamente me interesa ahora.

El día 28 me trasladaré a Cremanes, a pasar el verano. Según mi amigo Protto Andretti, que aunque nacido en Villarcayo le apodamos El Italiano porque es oriundo de allá, los albañiles terminarán mañana. Dejaré pasar unos días para que la casa se oree y Nerea, una muchacha medio anormal que se gana la vida como puede, la limpie por encima, la quite a Querubina, mi ama de cura, lo más gordo. Esta muchacha, Nerea, ha bajado con sus padres, ya de edad, de una aldea de la sierra. Son, pues, los primeros inmigrantes de Cremanes desde el siglo XIX. De ordinario, los jóvenes se van pero nadie los reemplaza.

Otro día le enviaré mi retrato. Me impone un poco este paso. Usted lo ha afrontado con éxito, pero ¿tendré yo la misma suerte? Y concluyo ésta, ya demasiado extensa, pero su fotografía, su presencia en esta casa sin mujer, bien merecía de mi parte este modesto homenaje.

Sabe la estima y admira s.s.s.

E. S.

29 de junio

Querida amiga:

¿Es cierto que a través de mis cartas se trasluce una punta de escepticismo? Yo creo que el escepticismo, como las canas, llega con la vejez, se desarrolla con la edad simultáneamente a la comprensión. Se conoce que los años mellan nuestros resortes emocionales, nos hacen más incrédulos pero a la par más humanos. Quizá si me analizo por dentro acabaré dándole la razón. Desde chiquito he sido introvertido y, en consecuencia, poco proclive a la franqueza, apartadizo y desconfiado. Es posible que esta actitud defensiva sea común a todos aquellos que, por arriba o por abajo, excedemos la norma, quiero decir a los que somos demasiado altos o demasiado bajos, demasiado gordos o demasiado flacos, en una palabra, a los que, en mayor o menor medida, padecemos un complejo. ¿Tengo yo complejo de bajo? ¿De gordo, acaso? ¿Lo tuve ya de chiquito? En cualquier caso, mi desconfianza está justificada; puede decirse que desde que nací me he encontrado a la intemperie. A mis padres no los conocí. Los quince primeros años de mi vida estuve desasistido como miembro de una comunidad. Mi pueblo no contaba, no existía en el mapa; si un mal viento lo hubiera arrasado un día, nada se hubiera alterado por ello. Más tarde, ya en la capital, tropecé con un sórdido individuo que, a pesar de mis pocos años, no vaciló en cargarme como un burro para repartir artículos entre la vecindad. Posteriormente, sin comerlo ni beberlo, me veo envuelto en una guerra de tres años. Y, finalmente, cuando logro enderezar mi vida, acierto con mi vocación y estoy a punto de tocar el cielo con la mano, alguien me quita la tierra bajo los pies y me caigo para no volver a levantarme. ¿Qué le parece mi historia? Mi camino no ha sido ciertamente de rosas. Quizá este repertorio de calamidades no difiera, en sustancia, del de la mayoría de los mortales, pero a mí, por propia culpa o a pesar mío, que esto aún no he llegado a dilucidarlo, me faltó lo que otros tienen para poder afrontarlo con serenidad: compañía. Yo, por sino familiar o porque no la busqué, no hallé una persona que compartiera mi vida. ¿Fue mi huraña causa o consecuencia de esta situación? ¿No encontré mujer porque soy huraño o soy huraño porque no encontré mujer? No me sería fácil determinarlo, ni adelantaría gran cosa con ello. Fue así y basta. En esto soy un poco fatalista. Achacar responsabilidades, a cosa pasada, no va conmigo, pero ello explica que, fuera del ámbito familiar, apenas dos personas se ganaran mi confianza a lo largo de mi vida: Ángel Damián, hoy imposibilitado, durante la infancia y, ya de adulto, mi compañero en el diario, Baldomero Cerviño.

Ángel fue un amigo cabal, imaginativo y generoso. A su lado pasé los mejores años de mi vida. Encontrar un eco en la infancia es importante y él me lo deparó. Luego, con los años, los sinsabores y la enfermedad, se ha vuelto taciturno y quisquilloso y ha habido tardes que, empujando su sillita de ruedas, nos hemos llegado hasta Cornejo sin cambiar más allá de dos palabras. En la vida, las cosas y las personas tienen su momento y, es obvio, que el de Ángel Damián ha pasado ya.

Mi amistad con Baldomero Cerviño, como amistad de adultos, ha sido más consecuente. Baldomero no es de aquí, nació en Cádiz y rodó luego por las delegaciones del Ministerio de Información de Lérida, Albacete y Segovia. Aquí encontró lo que buscaba, armonizar el periodismo con su cargo en el Ministerio, una mujer y una familia. Cuando ingresé de redactor en *El Correo*, aparte Bernabé del Moral, fue el único en tenderme una mano. Congeniamos bien. Almorzábamos juntos en una taberna una vez por semana y, luego, cuando se casó, en su casa, los jueves, rodeado de chiquitos que me llamaban tío. Baldomero es una persona equilibrada. Brillante y bienhumorado, de todo saca partido. Y, luego, su físico, su noble testa patricia, de sedoso cabello blanco, que él sabe llevar airosamente sobre los hombros, con una altivez arrogante e inofensiva. Hace dos años, cuando falleció Esperanza, su mujer, pensé que se derrumbaría, pero no. Baldomero puede con todo. La desgracia tal vez nos hermanó más. Y si siempre hubo confianza entre nosotros, ésta ha aumentado en los últimos meses. Pero debo hablarle a usted con toda franqueza. Mi intimidad con Baldomero Cerviño no me releva de mi condición subordinada. Yo soy a Baldomero lo que Sancho a don Quijote o lo que Ciutti a don Juan Tenorio. Los hombres apuestos, inteligentes o intrépidos precisan para brillar, para agotar sus posibilidades de proyección social, de un segundón, de un contrapunto. Yo soy ese contrapunto, señora. Entiéndame, esto es así a pesar suyo, a pesar de Baldomero, quiero decir, de su bondad innata, de su generosidad sin medida. Él no hubiera podido evitarlo, como no puede evitar un imperceptible tono de condescendencia cuando trata conmigo.

Baldomero, la tertulia de los domingos, los amigos de Cremanes, he ahí los núcleos de mi vida de relación. ¿Poco para sesenta y cinco años? Seguramente, pero ello demuestra que no soy lo que se dice un hombre extravertido, sino al contrario, reservado y misántropo. Usted, ahora, ha abierto una vía de comunicación con la que no contaba y me he encarrilado gustosamente por ella. Escríbame. Hábleme de sus cosas. No olvide la fotografía. Ignoraba que Silvia, su hija mayor, la casada con el diplomático, residiera en Ginebra. Yo pasé por Ginebra hace un montón de años. Una ciudad aséptica, de grandes espacios abiertos, opuesta en su concepción a nuestras apiñadas e invivibles colmenas. ¿No va a ir usted a visitarla? ¿Es Silvia la madre de las tres niñas o es la de Sevilla? ¿No desea usted un nieto, un varoncito?

Piensa en usted su devoto amigo,

E. S.

4 de julio

Querida amiga:

Moisés Huidobro, el cartero, que accidentalmente hace las veces de alguacil, me entrega su carta, reexpedida desde la capital, con tres fechas de retraso. Con las prisas de última hora, olvidé decirle que me escribiera directamente aquí. No es preciso poner señas; Cremanes es un pueblo chico y todos nos conocemos. De esta manera ganaremos una fecha o tal vez dos.

Las cartas reexpedidas me decepcionan, son como cosas de segunda mano, revenidas, como si hubieran pasado una aduana o hubieran sido violadas previamente. En este punto soy un tanto susceptible. Antaño, durante las vacaciones, no permitía que mi difunta hermana Rafaela leyera el periódico antes que yo. Su anticipación me privaba del placer del descubrimiento y, por otro lado, se me antojaba que un periódico leído antes por otro había dejado de ser virgen, había perdido automáticamente todo su interés.

Le escribo a usted desde la galería encristalada de mi casa, donde mi difunta hermana Rafaela solía tomar el sol sobre una manta con unas sucintas braguitas y un sujetador. ¡Qué tiempos, Señor! La galería está ahora en sombras mientras la ladera de enfrente y el Pico Altuna reverberan con el sol. Las cuestas, guarnecidas de roble en las cumbres y de pinadas de repoblación en los bajos, empujan la tierra al valle, surcado por el río Adarme, un aprendiz de río, en cuyas riberas, delimitando los huertos, donde ayer apenas crecían unas zarzamoras pugnaces, se alza hoy un soto de castaños, olmos y pobos de cierta entidad que cuando, como ahora, son mecidos por la brisa, componen una sinfonía vegetal inquieta y grave muy difícil de describir.

Me duele la torcida interpretación que hace su hijo de usted de mi ingreso en *El Correo*. Yo no entré, como él sugiere, por la puerta falsa sino por la única que encontré a mano. Los jóvenes de hoy todo lo simplifican, propenden a la iconoclastia y al maximalismo. En la vida, no hay puertas falsas ni puertas verdaderas, señora. Cualquier puerta es válida cuando es la Historia quien nos la abre. Puede estar seguro su hijo de usted que yo no organicé el Alzamiento Nacional. Soy apolítico, desde la infancia lo he sido, y de siempre he considerado la política como un mal necesario. Quiere decir esto, señora, que tanto me da que la moneda caiga de un lado como del otro, que salga cara o que salga cruz. Únicamente desde esta posición neutral puede emitirse un juicio objetivo. Y ni el de su hijo de usted lo es –es objetivo– ni lo era el de don José Miguel Ostos, presidente del Consejo, cuando, en desdichada ocasión, le oí decir que la Dirección General de Prensa no atreviéndose a incautarse de *El Correo*, había optado por ocuparlo. Con la mano en el corazón, señora, ¿puede considerárseme a mí, un hombre honesto, uno de los redactores más laboriosos y leales de la plantilla, como un ocupador? Admisible en el caso de Bernabé del Moral, un advenedizo, enemigo declarado de *El Correo*, director por méritos de guerra, pero ¿por qué en el mío, un ser refractario a toda ideología, un simple trabajador? Modestia aparte, señora, mi ingreso en el periódico no reportó a éste más que beneficios, el primero, y esencial, el de controlar de cerca a Bernabé del Moral, lo que no quiere decir que participase de la idea del señor Hernández de considerarle «un polizón con la única misión de hundir el barco». Yo nunca fui un peón del Ministerio, señora, un testaferro, como apunta su hijo. Es cierto que no compartía la ideología del diario pero tampoco la de su timonel. Y aún puedo decirle más, mi labor durante aquellos años fue polifacética y abnegada aunque nadie, hasta la fecha, haya tenido la elemental cortesía de reconocerlo así.

Pero mejor que mis palabras, le convencerá de lo que digo el hecho de que en el año 50, enfermo de gravedad don Próspero Mediavilla, nadie puso objeción a que yo accediera al cargo de redactor-jefe. Antes, a lo largo de diez años, había hecho calle, sucesos, cine y, por último, redacción de mesa, una tarea que en principio había menospreciado pero que se me hizo con la práctica atractiva y capital. Como en ningún caso mi trabajo, aunque prolongado, ocupaba todas mis horas, dediqué aquellos años a leer, primero a los grandes articulistas de la preguerra –Maeztu, Ortega, Unamuno– y después, en la Biblioteca Municipal, a los clásicos españoles, franceses y rusos. Total, lo crea usted o no, entre la Redacción, la Hemeroteca y la Biblioteca del Ayuntamiento, consumí diez años de mi vida, ajeno a todo lo que significase frivolidad. Mi afición por el periodismo era desmesurada, absorbente, y aunque sin una mira determinada, me preparaba para más altos destinos.

Las cosas parecieron encauzarse, como le digo, en el otoño del 50, con el fallecimiento de don Próspero Mediavilla. Descartados dos compañeros por demasiado viejos, otros tres por demasiado jóvenes y mi inseparable Baldomero Cerviño por pluriempleado, Bernabé me nombró redactor-jefe con el visto bueno de la empresa (oiga esto bien, señora, y transmítaselo a su hijo:

la empresa dio su conformidad a mi nombramiento). El cargo era engorroso puesto que, a falta de un director responsable, yo debía ordenar y distribuir el trabajo sin que Bernabé, cuyos prontos eran temibles, se considerase preterido y, al propio tiempo, conseguir la aquiescencia de la redacción como si legalmente los resortes del poder estuvieran en mi mano. Un delicado equilibrio del que, a Dios gracias, salí airoso puesto que no sólo evité roces y enfrentamientos sino que, en poco más de dos años, erradiqué el viejo vicio de la pérdida de los correos, aumenté la tirada en un veinte por ciento y conseguí doblar la publicidad. ¿Qué le parece mi hoja de servicios?

Con el tiempo, la posición del director se fue haciendo insostenible hasta que, al iniciarse la década de los 60, se produjo un cierto reblandecimiento en el control de la prensa con lo que bastó un leve empujón de la empresa para desembarazarse de Bernabé, un hombre de paja y que, forzoso es reconocerlo, había entrado allí de cuña. Mi ascenso a la dirección parecía inevitable ya que no había a la vista ningún otro candidato idóneo. Cualquier observador desapasionado lo hubiera reconocido así. Y, sin embargo, amiga mía, prevaleció la política, prevaleció la ingratitud, y mi relación superficial, meramente amistosa, con Bernabé del Moral, se antepuso a mis méritos con lo que mi sueño de tantos años quedó truncado. Pero desmenuzar este doloroso episodio me llevaría demasiado tiempo. Dejémoslo para otro día.

Llevo un par de horas junto a usted, escribiéndole a usted, charlando con usted, y créame que ni mi cabeza ni mi pulso acusan el menor cansancio. La galería ya no está en sombras. El sol, próximo a su cenit, penetra ahora por el lateral de cristales e ilumina, en parte, el entarimado de enebro. La brisa ha amainado y el verde vallejo se adormece en un sopor canicular. No será difícil que a la tarde truene. Sobre el corral vuelan las palomas que instalé hace dos años en la vieja panera de casa, apenas dos docenas pero que animan la vista y, de cuando en cuando, me proporcionan unos palominos para la mesa, el manjar que más aprecio. ¿Los ha probado usted? El palomino es un bocado de príncipes, más fino si me apura que la perdiz y el faisán, de pechuga más tierna y esponjosa. Mi difunta hermana Eloína utilizaba una receta infalible. Anótela usted y pruébelos en la primera ocasión. Una profusa cama de cebolla, con una cucharada de aceite por unidad, un diente de ajo y una ramita de perejil. Deposítelos en ella, rehóguelos y póngalos a hervir a fuego lento, preferible de leña y carbón, en cocina económica. Pínchelos de cuando en cuando con un tenedor hasta que las púas alcancen el hueso sin resistencia. Sírvalos en caliente, sin destapar la cazuela. Una recomendación: no añada nunca agua. Es, ésta, una costumbre muy extendida ante el temor de que el pichón quede enterizo. A lo sumo, vierta en el guiso, antes de iniciarse el hervor, un chorrito de vinagre. Nada más. Usted me dirá, una vez que lo pruebe, si hay manjar más delicado en la tierra.

Disculpe tan larga epístola y reciba la amistad, y el afecto sincero de este s.s.s.

E. S.

P.D.: Acompaño una fotografía del invierno pasado. Es la última que me han hecho y no encuentro nada mejor.

10 de julio

Querida Rocío:

Nunca hasta hoy me decidí a escribir su nombre, se me antojaba excesiva confianza, una osadía, estamparlo sobre el papel; me limitaba a musitarlo cuando paseaba sin rumbo por la carretera, empujando el carricoche de Ángel Damián o cuando, a la noche, me recogía en casa a mirar su fotografía (¿para cuándo la próxima de cuerpo entero?) o a pensar en usted. Nobleza obliga y debo confesarle que su nombre, en abstracto, antes de colocarlo en su persona, no me agradaba, se me antojaba un nombre *typical*, con aire de castañuela, de feria andaluza y yo, usted debe saberlo todo, no soy hombre fiestero. Me asfixian las muchedumbres. Tal vez ame al hombre pero, desde luego, aborrezco a las multitudes. Usted puede encontrarme, si me pierdo, en cualquier parte, pero no me busque en un mitin ni en un partido de fútbol. Toda aglomeración se me hace hostil. La conciencia colectiva es homicida. ¿Nunca asistió al espectáculo de un árbitro acosado, triturado, por los improperios de millares de energúmenos? Deprimente. La indefensión humana ante la sociedad se patentiza ahí. Pues bien, su nombre, en abstracto, encerraba para mí, desde siempre, resonancias multitudinarias, festivas. Ahora, en cambio, al escribirlo, me he estremecido. ¡Qué dulce es! Es un nombre fresco, silvestre, reconfortante, alegre, sin connotaciones verbeneras. Rocío es usted, únicamente usted, y aunque en su tierra existan cientos de Rocíos, para mí, desde hace tres meses, no hay más que una.

Le sobra a usted razón, exijo mucho del físico de una mujer, tal vez demasiado. Instintivamente lo antepongo a otros valores y cuando prejuzgo que una fémina «vale poco» me estoy refiriendo exclusivamente a sus cualidades externas, a su físico, o sea que, antes que el ser pensante, habla en nosotros el animal. ¿Qué quiere? De barro somos. Y aún voy más lejos (aquí sobra toda hipocresía): prefiero, ya se lo dije, una noble calidad de carne a una cara bonita.

Se muestra usted, en cambio, poco indulgente cuando dice que pido mucho y doy poco a cambio, que consejos vendo y para mí no tengo. Soy bajo y rechoncho, no lo oculto, no soy ningún adonis, pero en los varones, pienso yo, eso no tiene importancia. El músculo sólo significa algo en los tarzanes del cine, en los supermanes. Un hombre sano nada tiene que envidiar de un hombre musculoso. En mi caso, además, las grasas están repartidas con equidad, bajo una piel tersa, sin asomo de celulitis. No es una gordura fofa la mía, es una gordura, para que usted me entienda, que todavía tiene remedio. Un poco de ejercicio, una dieta moderada y echaré fuera quince kilos tan pronto me lo proponga. Pero, ¿puede usted decirme a quién ofende mi obesidad? El hombre no debe estar solo entre otras razones para no abandonarse. Mi difunta hermana Eloína se mostraba muy rígida en este punto, pero su debilidad por mí la inducía a verme alto, incluso espigado. El juicio de usted es más válido, no ya por exigente sino por objetivo. Mas yo pienso que lo que hay que mirar en un hombre es lo que hay dentro de su cabeza, lo demás es secundario. De ahí que me conforte que lo que más le agrade a usted de mi persona sea mi aire intelectual, acentuado, sin duda, por la nueva montura de mis gafas. En cualquier caso no va usted descaminada, ya que, al margen de mi etapa de recadero, en mi vida he hecho otra cosa que leer y escribir. Mis manos son inútiles para cualquier menester que no sea sujetar una pluma. De ahí que, mi primera aspiración, a raíz de jubilarme, haya sido aprender a hacer algo con las manos, sembrar y recolectar, pongo por caso, ya que para imponerme en otras industrias es seguramente demasiado tarde.

Ignoraba que su hijo de usted estudiara en la Facultad de Ciencias de la Información y, con mayor motivo, que se interesase, para su tesina, por la etapa de censura previa de los primeros años de posguerra. La realidad no es tan luctuosa y flébil como él imagina, pero, si así lo desea, le hablaré de la imposición de directores, la destitución como medida precautoria, la reducción de cupos de papel, las consignas de obligado cumplimiento y otras zarandajas, aunque yo le aconsejaría que dejase dormir al pasado y proyectase su mirada sobre el porvenir. ¿Ha pensado su hijo de usted, por ejemplo, en el futuro del periodista español? No me choca que la juventud se sienta atraída por esta profesión, por lo que encierra de audaz, influyente y arriesgada, pero la verdad es que no es oro todo lo que reluce. ¿Conoce su hijo de usted la estadística de *Le Figaro*, según la cual con los periodistas españoles actualmente titulados podrían cubrirse las vacantes que se vayan produciendo, ¡en Europa!, hasta el año dos mil? Sombrío panorama. Y para acabar de arreglarlo, ahora salen con que la libertad de expresión es incompatible con la exigencia de un título, en una palabra que para ejercer de periodista no se va a necesitar mas que un bolígrafo y caradura. ¿Qué le parece? ¿Qué sentido tiene entonces nuestro esfuerzo, el

73

esfuerzo de mi generación? Esto es, a mi juicio, y no las presiones, ni la censura, ya superadas, lo que merece un estudio a fondo. A los jóvenes de hoy les gusta ganar tiempo, perdiéndolo; entiéndame, haciendo cosas inútiles, estudios que no sirven para nada. El pasado jueves se instalaron en Cornejo, en la Casa del Museo, cuatro biólogos de nueva hornada que dedican el día entero a cazar ratones. Cuando charlo con ellos me sorprende su falta de pragmatismo. Hacen las cosas porque sí, para autojustificarse, por hacer que hacen algo. Al atardecer instalan sus cepos y por las mañanas los desmontan. Ésa es su tarea. ¿A qué conclusiones han llegado? ¡Pásmese usted! A que la peluda rata norteña, en contra de lo que afirman los manuales científicos, no es privativa del Pirineo sino que también se da en estos montes. Ellos se envanecen de su descubrimiento pero, a mi ver, señora, esto es tan superfluo como tratar de determinar el sexo de los ángeles. ¿De qué nos va a servir a los españoles de a pie que los manuales amplíen el área de dispersión de la peluda rata norteña? ¿Es que la presencia de la dichosa rata va a fertilizar nuestros campos? ¿Va a aumentar, acaso, la productividad o el nivel de vida de los españoles? ¿Que lo mismo nos da, en una palabra, que la rata esté un poco más arriba o un poco más abajo? Nuestro país es un país especulativo. Ahí tiene usted cuatro mozancones, en la flor de la edad, perdiendo el tiempo con los ratones y en setiembre nos faltarán brazos para recoger la fruta, habrá que dejarla en los árboles como otros años. ¿Adónde vamos a parar por este camino?

La dejo a usted. Pasado mañana me iré con Protto Andretti y los Aspiazu, un matrimonio navarro que veranea aquí desde hace años, a la garganta del Cares, una apretada excursión de dos días. Enseguida estaré de vuelta. De esta manera distraigo la espera de su carta, cada día más anhelada.

Suyo de corazón,

E. S.

13 de julio

Querida:

Escribo en Niserias, orilla del Cares, desde un mirador sobre el río. Diríase que uno ha descendido a cielo abierto hasta el mismo corazón de la Tierra, tal es la majestad de estas formas colosales. La cordillera se derrumba aquí y, entre monte y monte, aparecen nuevas estribaciones escalonadas, las últimas difuminadas entre el velo de la bruma. La Peña Mellera preside el concierto de este desconcierto orográfico, donde las horas de sol son contadas, apenas tres, según dicen, en los días más cortos del invierno. Tras el paisaje bucólico de Puente Nansa, al que las crestas atribuladas de los Picos de Europa, al fondo, imprimen severidad, accede uno a este cañón de abrumadora grandeza, donde las laderas y farallones, pese a su verticalidad, se revisten de una vegetación espontánea y variada: hayas, robles, castaños, alisos, fresnos, avellanos. ¡Qué promiscuidad botánica increíble! Y, abajo, en el hondón de la quebrada, el río. Un Cares que se me antoja ha perdido transparencia, aquel verdor azulado que le caracterizaba, único entre los ríos de la vieja Europa. ¿Habrá llegado también aquí, querida amiga, la contaminación?

La recuerda con cariño entre montañas,

E. S.

20 de julio

Querida Rocío:

Me parece plausible el tuteo que me propones y las razones que aduces para ello: «Somos dos personas maduras, no dos viejos». Exacto. Así es, en efecto. Y ya, en el umbral de la franqueza, te confesaré que tus primeros «tus» me han producido una emoción inefable, entre rejuvenecedora y erótica. El «tu Rocío» con que cierras tu carta, denota intimismo, una noción de pertenencia que, en mis especiales circunstancias, resulta altamente confortador.

Desde mis primeras cartas estuve tentado de sugerirte lo que tú me propones ahora, pero, en última instancia, desistí. Siempre he sido corto e indeciso, especialmente con las mujeres. No tengo madera de protagonista. A mis 65 años aún no he aprendido a pasar el primero por una puerta. Nací con un sentido de la subordinación que todavía persiste. Yo creo que en Castilla esto nos ocurre a todos los que procedemos del campo. Arribar a la capital y que a uno le acepten en ella, ya te coloca, de entrada, en una situación de dependencia, y hasta casi diría de sumisión.

En mi caso, pasar del «usted» al «tú» es algo así como invitarme a quitarme la corbata y a conversar contigo en pijama (y no veas la menor malicia en esto) y zapatillas, al margen de todo protocolo. Y, una vez aliviada nuestra relación de este atamiento, desaparecen automáticamente la timidez y la desconfianza. El tímido es, por principio, un desconfiado. Desconfía de sí mismo, de su físico, de cuanto le rodea. ¿No tuviste nunca conciencia de estorbar? Al tropezarte con una

persona, al irrumpir en un grupo, al entrar en una ofi-
cina, ¿no experimentaste alguna vez la impresión de
ser mal recibida? El apocamiento nos torna suspica-
ces, anula nuestra espontaneidad y, en consecuencia,
reduce nuestras posibilidades de integración. Somos
conscientes de ello pero nos agarrota un miedo insu-
perable, no podemos vencerlo. ¡Ah, si pudiéramos! En
tal caso dejaríamos de ser tímidos. Esto nos coloca
en una situación de preteridos, lo que, a su vez, origina
una tensión propicia al arrebato. La agresividad del tímido es proverbial, gratuita e incoherente. ¡Dios nos libre, querida, de la agresividad del tímido!

Pero estoy filosofando, amiga mía, cuando lo que
procede es agradecerte esta nueva prueba de confianza que me das. Después de leer tu carta, te siento más
mía o, por mejor decir, por primera vez me considero
con algún derecho sobre ti. Es obvio que el tuteo aproxima y en este momento, mientras garabateo estos
renglones, tengo la impresión placentera de que camino a tu lado por el Parque de María Luisa, ahí en Sevilla, charlando despreocupadamente de esto y de lo
otro. ¿Cuándo podrá ser realidad?

Las cosas ruedan normalmente por aquí. Durante el
día, el tiempo es caluroso, sin excesos, pero cuando
cae el sol empieza a soplar el norte, un vientecillo in-
solente, extremadamente fino, que aconseja ponerse el
chaleco. Anoche coincidí en la bolera con Ángel Damián, Aspiazu y Protto Andretti. Éste, como de costumbre, se llamó andana a la hora de abonar los gastos de
la excursión, que con el precio de los restaurantes y la
subida de la gasolina, se ha puesto en un pico. Las cosas están por las nubes, querida, y en estas circunstancias resulta prohibitivo moverse de casa. La comida
más económica, en un hostal de carretera, sin postre y

con vino a granel, alrededor de quinientas pesetas. ¿Qué te parece? Hicimos cinco comidas, sin contar desayunos, de modo que echa la cuenta. Y, total para una excursión de un par de días. Claro que para Protto lo mismo daría dos que media docena, él es un invitado perpetuo. Y lo curioso del caso es que este hombre no sabe hablar más que de dinero pero no saca la cartera ni por cuanto hay. A mí, hablar de dinero me deprime, aparte de que gastar el dinero y comentarlo luego, duele dos veces, cuando se suelta y cuando se recuerda. Pero, sobre todas las cosas, ¿para qué se ha inventado el dinero más que para gastarlo?

Te preguntarás qué pinta aquí un tipo con este nombre. Te diré. El abuelo de Protto llegó con los franceses el siglo pasado para tender el ferrocarril Alar del Rey-Santander. Mediada la obra conoció a una muchacha en Reinosa, con la que luego casó, y se vino a vivir a Espinosa, donde montó una serrería que al cabo quebró por causa de la deforestación. Protto, su único nieto varón, ya crecido, se resistió a emigrar, se casó con una tal Narcisa, en la capital, y, convencido de que ésta era una zona rica, puso en explotación la mina de Sedeña, a cuatro pasos de aquí, una vieja mina de cobre, abandonada hace qué se yo el tiempo. El yacimiento es muy hermoso. En los cortes de la montaña, junto al camino, se ven las franjas azules y verdes de la azurita y la malaquita, pero al decir de los entendidos, no es rentable. Quizá lo fuera a base de invertir dinero, pero no mediante el procedimiento artesanal que Protto utiliza, subiendo cada mañana en la furgoneta a media docena de peones. Rentable o no rentable, él mata el rato. Lo malo fue la mujer, que, harta del pueblo, marchó a Espinosa y de Espinosa a la capital buscando ambiente. La asfixiaba el campo y, con objeto de entretenerse, echaba al mundo un hijo cada año. Al séptimo se plantó y, una mañana, desapareció de casa dejando una nota para Protto en la que le anunciaba que estaba cansada de criaturas y se largaba a Venezuela con el delegado de Sindicatos. Puedes imaginar el estupor que causó la noticia en la capital y en toda esta comarca. Un hombre en plena juventud, abandonado con siete hijos, el mayor de nueve años. ¡Ni una loba se comportaría así! A partir de ese momento, Protto empezó a explotar la conmiseración de las gentes como antes había explotado la malaquita y la azurita de la mina de Sedeña, pero con mayor provecho. La cartera se le cerró y ésta es la hora, y va para veinte años, que todavía no ha pagado una ronda en el bar. Los niños ya son talludos y no les falta apoyo para colocarse en un sitio o en otro. La gente de este país, que es dura de natural, se enternece con el melodrama. Como verás, la historia del Italiano no tiene desperdicio. Pero una cosa es la compasión y otra el abuso, y si Protto no dispone de numerario lo mejor que puede hacer es dejarse de excursiones y quedarse en casa. A fin de cuentas, una visita a la garganta del Cares tampoco es una cuestión de vida o muerte.

Espero impaciente tus noticias y la nueva fotografía. Tú mandas, tú reinas en este pobre corazón solitario.

E. S.

26 de julio

¡Dios mío, querida, eres tú? ¿Es posible que seas tú esa muchacha vivaz, libre, despreocupada, que alza los brazos al cielo, arrodillada en la arena? Ante tu cuerpo semidesnudo (apenas dos minúsculas piezas cubriendo tus partes pudendas), concluyo que es posible vencer al tiempo. ¿Te ofenderás si te digo que no aparentas la mitad de la edad que tienes? Me siento turbado, querida, como un adolescente ante la primera imagen erótica, aunque también viejo y desbordado, no lo puedo remediar. Desde que Moisés me trajo ayer tu carta con la fotografía, estoy en pleno arrobamiento. Pensé escribirte enseguida, pero mis manos, todo mi ser, ha quedado paralizado ante tu belleza. Pocas mujeres a tu edad, afrontarían la prueba de fotografiarse en dos piezas. Perdona la indiscreción: ¿Qué años hace que te tomaron esta fotografía? Acabas de salir del agua, ¿no es cierto? Tus cabellos, sin perder el tono rubio, están mojados, lacios, adheridos a la frente y por tus antebrazos resbalan dos gotas de agua que brillan al sol, donde tú miras. Tu nuca queda en la penumbra, despejada, pero ¡qué acabada unión la de tu cabeza con el tronco, qué curva tan grácil y armoniosa! Cuando se dice que la mujer es en esencia una línea curva nadie repara en ese arco, aparentemente trivial y, sin embargo, tan importante. Es frecuente que la cabeza no concuerde con el tronco, que cada uno tire por su lado. En ti sucede lo contrario, la cabeza es una prolongación del cuerpo y en tus movimientos, ¡esos brazos gloriosamente levantados!, hay una euritmia, un equilibrio adolescente, si que también un deseo inmoderado de vivir. Luego, el color. Ese tono avellana de tus hombros, tímidamente difuminado en los costados y las caderas, imprime relieve a tu cuerpo. ¡Qué bien te ha tomado el sol! La facilidad para captarlo es una prueba más de tu noble calidad de carne. Hay personas a las que no toma el sol, pieles que repelen el sol, donde el astro rey rebota impotente día tras día. Suelen ser seres de epidermis cerúlea, fría, viscosa. Tú, en cambio, asumes el sol, lo acoges y sus rayos doran tus miembros, tus hombros de efebo, todo.

¿Qué más? ¿Es que hay más?, te preguntarás. Y lo hay, querida; hay ese vientre terso, tirante, donde uno se resiste a admitir que hayas albergado tres hijos; hay esos muslos largos, torneados, potentes, acogedores, propios de una atleta de veinte años. Hay, en fin, la gracia indescriptible de tus senos, mínimos y prietos como dos piñas, semejantes a los de mi difunta hermana Rafaela cuando hace años se soleaba en esta misma galería donde ahora escribo. ¿Diste el pecho a tus hijos, amor? Sencillamente increíble.

En una mujer es un error analizar detalle por detalle, los ojos por un lado, la cintura por otro. Lo que hay que mirar es la adecuación, si esta nariz concuerda con este cabello y este cabello con estas caderas. ¿Que no tiene nada que ver una cosa con la otra? Falso, querida, eso es un prejuicio falso. Todo se relaciona con todo. A priori nadie puede afirmar que un ombligo redondo, pongo por caso, sea más hermoso o menos hermoso que un ombligo rasgado. El ombligo rasgado suele delatar un vientre abultado, voluminoso, decadente, pero no necesariamente es así. A veces el ombligo rasgado encubre una cierta malicia oriental. En tu caso, el ombligo redondo no sólo armoniza con la forma de tus ojos sino, especialmente, con tus senos y la ondulación de tus caderas.

Ante tu efigie, algún exaltado afirmaría, en pleno paroxismo admirativo, que tu cuerpo tiene las proporciones de una estatua griega. Y se quedaría tan fresco, cuando sobre las proporciones griegas hay tanto que decir. Atribuir a una mujer las proporciones de la Venus de Milo, por ejemplo, está lejos, a mi juicio, de ser un piropo. Para mí, la Venus es demasiada mujer, su cintura es enteriza y sus pechos de matrona. No es mi tipo, vaya. ¿Dónde está, pregunto yo, la elasticidad de la Venus de Milo? Y, ¿puede haber belleza en un cuerpo femenino sin elasticidad? No. No es esto, no es esto que diría el maestro aunque refiriéndose, bien es cierto, a otra muy distinta circunstancia.

Creo que ya es hora de decirte que, pese a mis 65 años, no he conocido mujer en sentido bíblico. No soy bien apersonado, no puede decirse que mi apostura seduzca a las mujeres, pero, además, lo mejor de mi juventud lo pasé entre libros y papeles, sin tiempo para otra cosa. Quedaba el viejo recurso del comercio carnal, recurso del que, me creas o no, nunca eché mano y no por virtud sino porque esta infame trata lejos de excitarme, me deprime. Esto no significa que no tenga ojos en la cara y en mis visitas a piscinas y playas haya examinado a muchas mujeres de las más diversas edades por lo que estoy en condiciones de comparar. Te diría más, mi exigencia a este respecto, como reconocías en una de tus cartas, es tan puntillosa que, sin otra experiencia que la de ser un incorregible mirón, haría un impagable jurado en un concurso de belleza.

Queda algo por aclarar, algo que la fotografía no muestra, tu espalda. ¿Está tu espalda dividida en dos? Esto es fundamental, querida. Hay espaldas uniformes, huesudas, asimétricas; otras, con dos prominencias, los omóplatos picudos, como dos senos bizqueando;

otras, en suma, mollares, grasas, otoñales, donde nada permite adivinar que debajo se oculte un esqueleto. Ninguna de estas espaldas vale. La espalda hermosa, la espalda ideal, es la espalda dividida en dos por un tajo profundo. La espalda que va estrechándose hacia la cintura por los flancos y, al propio tiempo, se ondula suavemente hacia dentro para ir conformando la curva prominente del trasero. Tu fotografía, en semiescorzo, no permite apreciar esto, siquiera, a través de lo que es notorio, no es admisible que Dios te haya regateado esta última gracia.

Otra pregunta: ¿Quiénes son las personas que te acompañan? Tu nietecita no está. Veo a un niño con un pelotón de colores junto a una muchacha muy joven con bañador azul entero. ¿Es, tal vez, tu hija? Detrás hay dos personas rebozándose en la arena, que miran hacia ti, un muchacho en primer plano (¿es Federico, el periodista?) y otro u otra, no se puede precisar el sexo debido a la sombra de tu cuerpo, que parece de más edad. Me agradaría ir conociéndolos a todos. Otra pregunta y ya termino: ¿En qué playa está tomada la fotografía?

Mi excitación es tal que en este momento envidio a la arena donde te arrodillas.

Tuyo encendido admirador,

E. S.

2 de agosto

Queridísima:

Hemos llegado a un punto en que este retiro mío, por el que tanto suspiré antaño, se me hace arduo, insoportable a veces. Da lo mismo que me encierre en casa, que pasee, que juegue una rana o una partida de bolos o que baje un rato al huerto a regar. No encuentro sosiego en ninguna parte. Ante este sentimiento creciente de orfandad me refugio en tu fotografía, naturalmente la última, y la repaso con morosa delectación, una complacencia que rara vez puse en ningún otro acto de mi vida. Hoy he permanecido largo rato admirando los dulces cuencos de tus axilas, escrupulosamente depiladas, húmedas, sombrías, en abierto contraste con la blancura inmaculada de tu sintético bañador. Me agrada que la mujer sea coqueta. La coquetería es esencialmente femenina y detesto las nuevas y juveniles tendencias al unisexo. Dejar el vello en las axilas en una playa es un descuido parejo a llevar las uñas sucias. Por cierto, ¿de qué color es la laca que utilizas? La policromía de las fotografías suele ser especiosa, por lo que sospecho que ese tono azulado que se observa en las uñas de tu mano derecha (de la izquierda únicamente muestras la palma) es defecto del carrete (también el azul del cielo da demasiado intenso, casi añil) o causado por el frío del agua de donde, evidentemente, acabas de salir. No olvides puntualizar este extremo. A mí me agrada la laca rosa, color carne, en cambio los tonos imaginativos como el azul, se me antojan demasiado sofisticados.

En mi carta anterior aludía a tu piel, a la asombrosa

85

capacidad de tu tez para captar los rayos solares. A medida que analizo la fotografía, esta cualidad tuya me admira más. Tu piel luce justamente el punto de dorado rojizo que me place. El tostado mate, cetrino, negroide, es propio del hortera de playa que tanto abunda. Es ese suave, delicado matiz rojizo que tu muestras, el que imprime distinción a un cuerpo desnudo. Pero hay algo más. ¿Nunca has reparado en cómo se acentúa la gracia femenina en un cuerpo dorado por el sol? Hay hombres que prefieren las carnes blancas, lechosas, sin curtir. Yo no, desde luego. El sol, al difuminar los tonos, resalta las curvas de la mujer, las tornea, enalteciéndolas. Observa tu pecho en la fotografía. El surco en sombra, que separa ambos senos, va iluminándose gradualmente, con un diferente tono de pigmentación, hasta alcanzar el punto máximo de luz, para decrecer de nuevo en una penumbra dosificada. Si el cuerpo de la mujer es relieve, pura orografía, el sol viene a subrayarlo; es el mejor colaborador del encanto femenino, su complemento.

Pero es el caso, Rocío, que el recreo que me procura tu imagen va acompañado de una punzante desazón. La tele hablaba anoche de los cuarenta grados de Sevilla, de lo abierto y caluroso que está resultando el verano allí. Y, al oírlo, experimenté celos del sol, de ese sol inclemente que a diario acaricia y dora tu piel. ¿Por qué ese privilegio? ¿Por qué él sí y yo no?

Querida, llevamos tres meses largos de correspondencia y el deseo de conocerte, de oír tu voz, de sentirme a tu lado, crece de día en día y cada vez me cuesta más reprimirlo. Y me pregunto, ¿por qué razón ha de ser esto así? Ya no somos niños, Rocío. Poco importa que la atracción que tu dices sentir por mí sea de índole intelectual y no física, ni que la mía hacia ti, en particular después de recibir la última fotografía, sea antes física que intelectual; lo importante es que esa atracción exista. A los 19 años, el tiempo no cuenta, es ilimitado, pero a los 65, sí. ¿Por qué no vamos madurando un encuentro para las próximas semanas? En principio, me es indiferente el lugar (¿Madrid? ¿Sevilla?) y, como época, quizá el mes próximo, setiembre, en que la canícula declina, fuese el más apropiado. De todos modos, mis sugerencias no tienen sino un valor indicativo, puesto que yo, en cualquier momento, estoy dispuesto a atenerme a lo que tú dispongas. Espero tu decisión sobre el particular, pero, por favor, no la demores.

Supongo que bromeas al hablar como lo haces de Protto Andretti, aunque en tus palabras subyace un matiz de reproche que no me ha pasado inadvertido. La actitud del Italiano nada tiene que ver con la Historia (con mayúscula). La Historia no le ha abierto a Protto ninguna puerta, ni falsa ni verdadera. Lo que hace Protto es aprovecharse de su circunstancia, de su pequeña historia (con minúscula) doméstica, de su melodrama personal. Tu sentido del humor está, evidentemente, muy desarrollado, pero comparar, aunque sea en tono de guasa, mi ingreso en *El Correo* con la gorronería del Italiano no me hace mucho favor. Yo, te repito, no organicé el Alzamiento Nacional ni creé el Tribunal de Represión de la Masonería y el Comunismo, pero ello no fue obstáculo para que acatara las normas entonces vigentes como hubiera acatado otras. Era la Historia (con mayúscula) la que abría nuevas perspectivas. Alguno, más puritano o con un sentimiento político definido, tal vez hubiera rehusado aceptarlas pero, ¿por qué yo si, como te he dicho, soy un ser visceralmente escéptico y apolítico? A mí me importa un bledo, cariño, quién es el portero que abre o cierra las puertas de la Historia. En cambio, para la gorronería de Protto Andretti, que tan de cerca me toca, no hay portero que valga. Protto comercializó su dolor, pasó factura a la sociedad causante indirecta de su infortunio, pero si su mujer, Narcisa, no le hubiera puesto los cuernos (y perdona, querida, mi rudeza) ten por seguro que hubiera encontrado otra disculpa para tender la mano, un instinto congénito. La Historia, en cualquier caso, no tiene por qué pagar la excursión del Italiano a la garganta del Cares.

Y cerramos ya esta epístola interminable. Reflexiona, querida, sobre lo que más arriba te expongo. Entiendo que nuestra relación epistolar, suficientemente prolongada, debe dar paso a un trato directo, asiduo y personal. ¿Qué opinión te merece mi sugerencia?

Fervorosamente tuyo,

E. S.

6 de agosto

Amor mío:

Me dejas anonadado. ¿Solamente dos años de tu fotografía en la playa? ¿Quieres decir que a los 56 puede una mujer aparentar 30? ¿Es posible conservar la lozanía juvenil hasta la sexta década de la vida? ¿Tengo derecho a pensar que un pobre desventurado como yo, apocado y mollejón, pueda acceder hasta ti, diosa adolescente de 56 años, por la que el tiempo resbala sin dejar huella? Querida, tu caso deja chico al de mi difunta hermana Rafaela. Yo pensé que tu fotografía se remontaría, como poco, dos lustros atrás, siquiera en aquella época no fuese frecuente que una madre de familia se exhibiera en dos minúsculas piezas. Entiéndeme, no es que esto me escandalice, para estas licencias soy abierto y liberal, pero al no ser corriente entonces un dos piezas tan sucinto, lo juicioso era imaginar que tu fotografía fuese más reciente. ¡Una fotografía! ¿Quién me iba a decir a mí que una imagen, una cartulina insignificante, llegaría algún día a trastornarme el juicio? Y, sin embargo, ya me ves. Apenas dejo transcurrir una hora, esté donde esté, sin darme una vuelta por el despacho para abstraerme en su contemplación. Y, tras un examen tan reiterado y minucioso, estoy en condiciones de decirte que no sólo es la armonía y flexibilidad de tu cuerpo lo que me sorprende sino la fragante tersura de tu rostro. No hay arrugas en él, ni siquiera las obligadas (?) patas de gallo, ni los pliegues de las comisuras de la boca, inevitables a los cincuenta y, con mayor razón, en una criatura que, según propia confesión, «ha reído mucho». Reír y llorar marcan, querida, únicamente los dioses se libran de esta dura servidumbre. Y ¿qué decir de tus ojos, esos ojos azules como el mar, brillantes, incisivos? ¿Dónde se esconde la opacidad de la madurez? El ojo más vivo se torna traslúcido, primero, y, finalmente, mate con los años. Es como la boca. El rictus de la boca, generalmente grave, es el precio de la experiencia. Al parecer, cariño, tú careces de experiencia y esto me conmueve pues te veo inocente e ingenua como una criatura.

¿Dices que la fotografía está tomada en Punta Umbría? Una vez estuve en Punta Umbría, con ocasión de un congreso de periodistas celebrado en La Rábida. Una tarde fuimos en autocar, de excursión, a Punta Umbría. Hace años de esto, un montón de años, tal vez veinte, pero me ha quedado una vaga imagen tropical de este pueblo, unas casitas de madera montadas al aire, sobre puntales, en la arena y un calor tórrido, aplastante, con una invasión de mosquistos voraces al atardecer. ¿Se aproxima mi idea a la realidad? Desearía una evocación más inmediata para poder localizarte en un determinado lugar de la playa.

Esta mañana me encuentro indispuesto. He dudado si hablarte de estos temas prosaicos, pero al fin me he decidido pues no me parece noble iniciar nuestro trato con ocultaciones y reservas mentales. Padezco de estreñimiento, un estreñimiento pertinaz, inconmovible, ciclópeo, que me martiriza desde niño. Con los años mi padecimiento se ha acentuado, hasta el extremo de que si me abandono a mi aire, pueden transcurrir semanas sin experimentar esta necesidad. Mi vientre perezoso es, según el doctor Romero, otra manifestación de la distonía neurovegetativa que tantos trastornos me causa. A estas alturas, si no ingiero laxantes no deyecto y si los ingiero a diario irrito el colon. ¡Terrible alternativa! El cuerpo humano es un delicado mecanismo y encontrar su puesta a punto, una tarea sin fin. Últimamente he optado por tomar cada dos noches, al acostarme, una cucharadita de Vaciol, más o menos veinticinco gotas. El doctor Romero me recetó esto con la pretensión de que comprobara qué número de gotas me hacían efecto para ir rebajando la dosis poco a poco, hasta regularme. Pero ocurre que hay días que con ocho gotas me disparo y otros que ni con cincuenta se conmueve mi intestino. En estos casos he de recurrir al supositorio como complemento. Ante este panorama, el doctor ha desistido de educar mi vientre, tan díscolo, medida a la que aspiraba en principio por más que me cansé de decirle que la mala educación de mi intestino era congénita y, consecuentemente, irremediable.

Con estas perturbaciones de origen nervioso no hay reglas que valgan. Un viaje, un apremio, una mínima preocupación, bastan para que la acción del medicamento se vaya al traste, no obedezca, precisamente lo que me sucede ahora. Ante oclusión tan pertinaz no me queda otro remedio que ir aumentando progresivamente la dosis, hasta que un buen día, sin avisar, sobreviene el apretón y me voy de vareta, me descompongo. Mas, hasta que esto ocurre, experimento molestias constantes: cólicos de aire, carreras, gemidos intestinales (atiplados a veces, sordos, graves y prolongados como una tronada lejana, otras) que me avergüenzan y humillan. Tan grosera función ha llegado a obsesionarme, pero cuanto mayor es mi obsesión más se agrava el estreñimiento, más me cierro. El único consuelo es el de los tontos: la generalidad del mal. Según Amador Plaza, mi farmacéutico, la estiptiquez es mal de cabeza y no de vientre y más de la mitad de los hombres la padecen. La proporción no debe de ser exagerada ya que cada vez que en una reunión salta la conversación sobre el tema surge inevitablemente un cofrade dispuesto a brindarte un remedio.

Disculpa, querida, estas confidencias, desagradables sin duda, pero peor sería caer en la aberración de Manolo Puras, redactor deportivo del periódico, quien durante su noviazgo con la que luego fue su mujer (y fueron seis años) no se atrevió a separarse de ella para ir al urinario. Había noches, como es natural, que llegaba a casa reventado, pero prefería esto antes que poner de manifiesto tan ruin necesidad. ¿Qué pretendía este hombre? Evidentemente que ella pensara de él que era un espíritu puro, lo que me parece especioso por no decir deshonesto. ¿Qué diría aquella mujer el día que descubriera al hombre en zapatillas en toda su miseria física, y la ilusión se desvaneciera?

Hace días que me atormenta la hiperclorhidria. En mi caso, las molestias de estómago y vientre suelen ir unidas.

Te piensa a toda hora,

E. S.

11 de agosto

Querida:

Dos letras para recordarte que vivo y que vivo pensando en ti. Anoche, en la verbena, mientras los músicos actuaban, no saliste de mi cabeza. ¿Te gusta bailar? ¡Qué pregunta! ¿Cómo no va a gustarle bailar a una sevillana de pura cepa? Yo adolezco del sentido del ritmo y nunca me lancé a una pista. Miento, una noche, recuerdo, hace muchos años, mi difunta hermana Rafaela me sacó para marcarnos un pasodoble. Aquello me resultó fácil: andar con música. En cualquier caso, si tú lo deseas aprenderé a bailar. Nunca se es demasiado viejo para aprender una cosa nueva.

Hoy, a mediodía, terminamos el Campeonato de Rana que se organiza en el pueblo con motivo de la Virgen de agosto. ¿Conoces el juego de la rana? Es muy simple, apenas cuentan el pulso y la destreza. El quid consiste en introducir el tostón (un pequeño disco de plomo) por la boca de una rana de metal. La boca no es grande, y como se lanza desde una distancia de cuatro o cinco metros, el blanco es meritorio. Yo, desde chiquito, mostré cierta habilidad y este año me clasifiqué en segundo lugar, detrás del Rogaciano, un tipo pintoresco que siempre anda de broma y hace las veces de secretario. Este Rogaciano finge radiar la final como si se tratara de un partido de fútbol, empleando un lenguaje figurado, hiperbólico, sumamente ingenioso. Dice, por ejemplo, con un énfasis típico de confrontación deportiva: «El plomo golpea el labio del batracio, señores, cuando ya la afición cantaba rana, pero los labios también juegan». Su jerga es tan diver-

93

tida que es difícil no reír con él y, a menudo, he de suplicarle que calle para no perder el pulso con las carcajadas. Algún día, espero que no tardando, podrás conocer a estos amigos, estos pueblos y sus costumbres, tan distintos en todo de lo andaluz.

Fervorosamente tuyo,

E. S.

15 de agosto

Amor:

De acuerdo. De acuerdo en todo, querida. También yo creo que en nuestro primer encuentro debemos eludir Sevilla. Preferible un terreno neutral. No soy esclavo del qué dirán, pero me fastidian, como a ti, las habladurías y el comadreo. Tal vez Madrid fuera el lugar adecuado. Madrid es una ciudad grande, donde uno se disuelve entre los cuatro millones de habitantes como una gota de agua en el mar. Uno pasa allí inadvertido, lo que, por un lado, es una ventaja, aunque, por otro, que ahora no es del caso, sobrecoja el anonimato, este no ser entre tantos, la soledad de la colmena. Estamos, pues, de acuerdo en principio, pero precisemos fecha. ¿Cómo te va setiembre, el día 10 por ejemplo? Digo el 10 por más redondo pero lo mismo me daría el 9 que el 11. En esta época, Madrid, viniendo un otoño normal, está hermoso y, por la tarde, después de almorzar juntos, podríamos dar un paseo por el Retiro o la Casa de Campo.

Lo que estropea un poco el plan es tu intención de ir con tu hijo. Lo comprendo si no sabes conducir, pero, ¿por qué no el avión? El avión es un vehículo eficaz y aséptico, aunque yo lo utilice poco a causa de la claustrofobia. En una ocasión, regresando de Roma con un grupo de periodistas, en el momento de cerrar la puerta, pensé que me ahogaba y me dije: «Puedo ponerme enfermo». Y poco después: «Y si me pongo enfermo no dispongo de un catre donde tumbarme ni de un doctor que me atienda». Y, naturalmente, me puse enfermo. Menos mal que el trayecto es corto y todo pudo superarse, pero el número lo monté.

Si te sucede algo así, podrías utilizar el tren. Hay cómodos trenes a Andalucía y con esto de la electrificación van rápidos. ¿Seis, ocho horas? A mí me place viajar en tren, en especial en trenes tranvías o mixtos, de esos que caminan sin prisas y se detienen en todas las estaciones. El departamento de un tren crea un clima de comunicación difícil de hallar en otra parte. Hace unos meses, al regreso de un viaje a Madrid, tropecé en el mismo compartimiento con un viejo ferroviario, un muchacho que iba a Oviedo, a casarse, y una mocita liberada, muy lenguaraz, que pretendía sacar de la cabeza del muchacho la idea del matrimonio. En buenas palabras, le vino a decir que esa noche se acostaría con él (y perdona la expresión) sin necesidad de bendiciones si renunciaba a la boda. El muchacho no se mordía la lengua, argumentaba inteligentemente y, al cabo, el ferroviario y yo, a instancias de los chicos, terminamos por exponer nuestras opiniones respectivas: el ferroviario estaba casado y lo lamentaba y yo estaba soltero y lo lamentaba también, con lo que se vino a demostrar lo que el muchacho decía, que al elegir un rumbo en la vida y renunciar a los demás, uno piensa que en cualquiera de los excluidos hubiera encontrado lo que no encontró en aquél, lo que no deja de ser una quimera.

Pero estábamos con tu desplazamiento a Madrid. ¿Avión o tren? ¿Por qué con tu hijo? La compañía del chico en este encuentro inicial no deja de ser un engorro, Rocío, convéncete; nos ata, nos condiciona, nos priva de libertad. No te oculto que yo siempre soñé con un «tú y yo» sin testigos en ese desierto superpoblado que es Madrid. La presencia de tu hijo cambia las cosas, no nos engañemos, es otra persona de la que preocuparse, a la que atender, a la que informar de cada uno de nuestros pasos. No trato de coartarte sino de presentarte los hechos tal como son. Reflexiona sobre ello y dame una respuesta rápida. ¿Qué te parece la fecha indicada del 10 de setiembre?

Me dejas de un aire. ¿Es posible que no te hayan gustado los palominos? ¿Va a resultar ahora que esta suma de perfecciones no tiene paladar? Carne oscura y sabor fuerte. ¿Crees que esos son argumentos? ¿Qué importa el color de la carne y qué su sabor fuerte si éste es bueno? Oscura es la liebre y de gusto bravío y, sin embargo, es un plato suculento. ¿Dispusiste la cama de cebolla tal como te indiqué? ¿Hirvieron a fuego lento? Me resisto a admitir que acatando mis instrucciones, los palominos no te hayan gustado. ¿Es que, por casualidad, eres escrupulosa para comer y el simple color de los guisos ya te previene? Yo sí lo soy, quiero decir que soy escrupuloso, y basta una mosca en la sopera para que no coma, ni sopa ni nada. ¿Quieres más? Con mi difunta hermana Eloína tenía las grandes zambras por su manía de picar las uvas sin desgajar el tallo, dejando vivo el pequeño muñón pulposo, oxidándose poco a poco. Esto, antes que repugnancia, me contrariaba por una simple cuestión de estética. ¿No padeces tú fobias y manías semejantes? El hecho de que no te agraden los palominos por su color oscuro me hace sospechar que sí. De otro modo, querida, habrá que pensar que, en una democracia gastronómica, tu voto es un voto nulo, un voto sin calidad.

Espero tus noticias, espero tu respuesta, te espero a ti; no hagas esta espera demasiado prolongada. Tuyo en cuerpo y alma,

E. S.

21 de agosto

Muy querida mía:

Tu carta de hoy es una carta extraña: distante, fría, burocrática, casi diría de intermediaria. Las dos primeras lecturas me han dejado estupefacto. ¿Sucede algo? ¿No habrá tomado tu hijo Federico las riendas de tu correspondencia? Tus reacciones ante problemas que no te conciernen me lo hacen temer así. ¿No verá tu hijo con aversión el progreso de nuestras relaciones, la posibilidad más o menos próxima de un padre postizo? Pero descendamos a los hechos y admitamos, en principio, que las apariencias me acusan. Es cierto que si Bernabé del Moral, el director impuesto en los años 40, entró de clavo en *El Correo* y me llevó a mí de la mano, yo, en cierto modo, entré de clavo también. Esto que, a primera vista, parece irrefutable deja de serlo si consideramos que yo obré así por un noble deseo de salvarlo todo, persuadido de que, en aquel momento, la única persona capaz de tender un puente y evitar agrias tensiones entre dirección y empresa era yo. Si lo logré o no es cuestión distinta. Lo innegable es que conseguí de Bernabé una espontánea delegación de atribuciones y con ello libré a la empresa de sufrir las consecuencias de su impericia y, de paso, salvé al diario. Si ésta no es una causa digna que baje Dios y lo vea.

Por esta razón cuando, al correr de los años, Bernabé fue depuesto, yo, te soy sincero, consideré llegada mi hora; no dudé que sería confirmado en un cargo que, de hecho, venía desempeñando desde tres lustros atrás. Naturalmente existían otros candidatos —todos lo eran— pero al margen de Baldomero Cerviño, que no deseaba asumir la dedicación plena, ninguno de ellos, modestia aparte, me llegaba a la suela de los zapatos. De ahí mi nerviosismo durante aquellas semanas y mi decepción final ante la decisión del Consejo: el nombramiento de don Juan Manuel López Aldama como director de *El Correo*, un petimetre madrileño, autor de media docena de novelas mediocres, sobrino, por más señas, de don Julio Vidal, un viejo consejero del periódico. ¿Precisas más explicaciones, querida? ¿Las necesitará, tal vez, tu hijo Federico?

Siempre he sido disciplinado y acepté la nueva situación sin un mal gesto, hasta tal punto que únicamente Baldomero Cerviño, mi fiel y leal amigo, advirtió mi desencanto. ¿Razones para esta postergación? Según rumores oficiosos, yo era un buen peón, un hábil técnico, un artesano, pero me faltaban pluma, presencia física y talento organizador, cuando, en realidad, lo que no se decía pero no me perdonaban, era el patrocinio de Bernabé del Moral. De mejor o peor grado encajé el golpe, pero desde el primer día vi claro que la inexperiencia del señor Aldama, don Juan Manuel (siempre he desconfiado, querida, de la gente que necesita nombre doble para afirmar su personalidad) no nos llevaría a buena parte. En efecto, este sujeto, voluntarioso pero falto de mano izquierda, desconocedor de las triquiñuelas del oficio y nuevo en la ciudad, orientó su esfuerzo por unos derroteros absurdos, reveladores de su inmadurez: la lucha política. Había que levantar el listón de lo permitido, ampliar, a costa de lo que fuese, nuestro espacio de libertad. ¡Objetivo extemporáneo! Si en aquel momento se estaba abriendo la mano de grado, ¿por qué exigir por la fuerza más de lo que nos daban? En una palabra, el señor Aldama, sin preparación para hacer un periodismo en profundidad, ensayó un periodismo de escándalo, inane y malintencionado, de puro sobresalto, una especie de guerra política particular cuyas consecuencias no se hicieron esperar: una docena de amonestaciones, dos recortes en el cupo de papel prensa y multa de veinte mil duros. ¡Una friolera! Mas, por una de esas misteriosas razones que no acierto a comprender, el nuevo director y sus muchachos contaron desde el principio con la aquiescencia del Consejo.

Éste es, querida, a grandes rasgos, el último capítulo de mi vida profesional; el referente a mi frustración. Si te lo expongo no es mendigando elogios ni condolencias, sino comprensión. La actitud de Federico, tu hijo, es cuenta aparte. Él tiene el deber de ser joven y la juventud de hoy es maniquea y propende a la simplificación. ¿Cómo inocularle experiencia?

Pero dejemos dormir al pasado, Rocío, y hablemos del porvenir. ¿Qué piensas de la fecha prevista? Si no te conviene, rectifica, estamos a tiempo. Antes de cerrar esta carta debo confesarte una cosa: anoche tuve sueños eróticos. A mí, un misógino sesentón no me ocurría una cosa así desde los lejanos años de la adolescencia. No pretendo entrar en detalles, pero en mi duermevela te veía envuelta en velos vaporosos, tendida en la galería de casa, en el rincón donde solía solearse mi difunta hermana Rafaela. A ratos era ella y a ratos eras tú. Había un desconcertante intercambio de personalidades. El síntoma es revelador: te necesito con urgencia. A propósito, ¿sueñas tú en color o en blanco y negro? Esta noche me he dado cuenta de que yo sueño en color. El tono rojizo de tu piel, tu cabello y los tules azules que envolvían tu cuerpo no dejan lugar a dudas.

Vive pensando en ti,

E. S.

Mi pequeña Rocío, mi gran amor:

¡Oh, qué extraña cadencia, qué nota desafinada ! ¿En qué recóndito lugar ocultabas este temperamento colérico? Bien mirado mejor es así, mejor saber de antemano que mi amada es capaz de estos arrebatos. Pero, ¿no crees que descentras un poco el problema? No ignoro que tu hijo es tu hijo, querida. Nunca pretendí entrometerme y admito que, aunque tú y yo formemos un día una familia, tus hijos continuarán siendo tus hijos y, si me lo permites, y ellos no me rechazan, añadiré que también míos. Esto es algo con lo que cuento de antemano. ¿A santo de qué, pues, este bufido, mi fiera gatita?

Mi pretensión no iba tan lejos, cariño. Se refería únicamente a nuestro primer encuentro en Madrid, pero si tú opinas que tu hijo irá donde tú vayas y que a ti tu hijo no te estorba en ninguna circunstancia, bienvenido sea tu hijo. Yo no voy a oponerme a ello. Como verás, el sátiro (es la segunda vez en pocos meses que me calificas así) no trata de cogerte sola, desprevenida e indefensa en la gran ciudad. Admito que a veces me encelo mirando tu fotografía, pero a mi edad, querida, termina por imponerse la cordura. Esto quiere decir que no hay sátiro que valga, amor, que el pretendido sátiro es un hombre de bien, esencialmente doméstico y tranquilo.

Tampoco es justo afirmar que sea una cocinera lo que busco. Comprendo que de algún modo las apariencias engañan. En vida de mi difunta hermana Eloína nunca reparé en los consultorios sentimentales de los periódicos, es cierto, pero tampoco lo he hecho después de muerta. Yo no leía *La Correspondencia Sentimental* en casa del doctor, bien lo sabes, sencillamente, tomé la revista de la mesita, para hojearla, a falta de mejor cosa que hacer. Entonces saltó tu minuta ante mis ojos como si estuviera viva, iluminada, tipografiada en otros caracteres. ¿Por qué ahora estas insinuaciones malévolas? Oportunidades de casarme no me han faltado, Rocío. Te diré algo más: A los 24 años tuve una novia formal, Petri, una muchacha morena, vivaz, un poco dentona pero con un físico sumamente atractivo. El padre tenía una modesta confitería en el barrio viejo de la ciudad y mantuvimos relaciones casi un año. Mi difunta hermana Eloína, que gustaba de los melones a cala (que literalmente veía crecer la hierba), la invitaba con frecuencia a casa, a merendar. Y gracias a ello pude evitar un error. Eloína me hizo ver que Petri era una jovencita que se dejaba servir y que una mujer que se deja servir por otra mujer sin avergonzarse de ello, nunca haría una buena esposa. A partir de entonces comencé a observarla fríamente y advertí que Petri era una de esas personas que no hablan más que de sí mismas, que ya se podía iniciar la conversación sobre cualquier tema, que ella, sin saber cómo, la daba la vuelta para terminar hablando de sus cosas. Así aumentaron mis recelos, y lo que, en principio, me parecía espontaneidad empezó a parecerme artificio, y lo que antes juzgaba anhelo de comunicación, charlatanería insulsa. Total, que nuestras relaciones empezaron a deteriorarse hasta que finalmente lo dejamos. Ésta es, en pocas palabras, la historia de mi infortunado amor.

Pero se ve que en mi anteúltima no estuve inspirado. Afirmas en la tuya que tu paladar es tan fino como el mío y tu voto gastronómico tan válido como otro cualquiera, todo a cuento de los dichosos palominos. Bien mirado, no te falta razón, querida. Los paladares no tienen por qué dar siempre la misma respuesta como no la dan las narices. Hay sabores y olores que a unos agradan y a otros repelen, la gasolina por ejemplo, porque sobre gustos no hay nada escrito. De acuerdo, por eso no vamos a regañar, aunque convendrás conmigo en que las pechugas de palomino son tiernas y regaladas, y su sabor a bravío, un gusto misceláneo de todos los aromas del campo: alolva, tomillo, espliego, hierbabuena... La carne del palomino aúna la variedad de la naturaleza. Puede suceder que la aversión al campo motive tu repulsa por este manjar o que, pese a mis instrucciones, algo haya fallado en su condimentación. El día que nos reunamos aquí, en mi casita de Cremanes, me arremangaré y te guisaré unos palominos como es de ley. Después de esta experiencia, ya estarás en condiciones de decir «esto me gusta o esto no me gusta» y yo consideraré tu voto como un voto de calidad.

Otra cosa es tu ruego de que evite en mis cartas ciertos vocablos y giros pueblerinos como cuando me refiero a mis muertos con el «difunto» por delante, o digo «la capital» por «la ciudad» o «mover el vientre» por «c...» (lo lamento, querida, me resisto a transcribir este vocablo abyecto. Tú lo haces sin rebozo en la tuya lo que prueba tu modernidad, tu juventud, tu adaptación a los nuevos tiempos). No vas descaminada en esto. La vida aldeana, sobre todo en los primeros años, imprime carácter, se adhiere al cuerpo de uno como una segunda piel. Esto es muy cierto, pero no me avergüenza. Yo encuentro en el lenguaje rústico un punto de sazón y propiedad del que carece el lenguaje urbano. En una palabra: me deslumbra. Cosa distinta es que tú consideres rústicas ciertas expresiones, aunque para mí, rústico, en lo concerniente al lenguaje, no es sinónimo de primario o elemental, sino, al contrario, de precisión y rigor. Esto no obsta para que, en lo sucesivo, trate de evitarlas si a ti te disgustan. A estas alturas yo no tengo más que una misión en la vida: complacerte.

A pesar de tu rapapolvo, sigo en mis trece: el día 10 de setiembre en Madrid. ¿Qué te parece un restaurante italiano, el Milano, en el primer tramo de Ferraz entrando por la plaza de España? Se come bien, está limpio y no es caro. Si no dices otra cosa, ahí, a las dos de la tarde. Resuelve tú lo de Federico. A mí no me importa que tu hijo almuerce con nosotros. En otro caso, le saludaré más tarde, en el hotel. ¿Has reparado que apenas faltan doce días para nuestro encuentro? Me cohíbe tanto como lo deseo. Yo iré también en automóvil, aunque al precio que se ha puesto la gasolina, el viaje en coche para un solo pasajero resulta antieconómico.

Hasta pronto, cariño mío. Recibe la veneración de tu incondicional,

E. S.

5 de setiembre

Amor:

Sí, en fondo y forma, me considero un hombre religioso, no un meapilas pero sí un hombre con unas convicciones sinceras. Aquí, en estos viejos pueblos de Castilla, uno nace religioso por dentro como nace cetrino por fuera, lo da el medio. Y aún te diría más, prescindiendo de mi difunto tío Fermín Baruque, no he conocido en Cremanes un solo agnóstico. Incluso los emigrantes, que regresan circunstancialmente en verano, pese al ambiente secularizado de las ciudades donde habitan, frecuentan la iglesia. A estos hombres y mujeres no te diré que les empuje la fe tanto como la costumbre, pero algo es algo. A nuestro pueblo iletrado no le puedes pedir más. ¿Partidario de la eutanasia? ¿El suicidio como solución? Ni una cosa, ni otra, siquiera en lo relativo a la eutanasia existe hoy un punto oscuro: el aparato. Enchufarlo o desenchufarlo, he ahí la cuestión. Yo no creo, querida, en los milagros de la técnica y, por tanto, no soy partidario de prolongar una agonía irreversible por procedimientos artificiales. Eso es todo. Respecto al suicidio, habituado como estoy a la ingratitud, no es fácil que ninguna adversidad me impulsara a quitarme la vida. Creo que aun en los suicidios aparentemente más reflexivos se da un elemento de obcecación, de descontrol, que atenúa o anula la responsabilidad. No hay suicidios en frío, cerebrales. Detrás está, ineluctablemente, una mente trascordada. Pero, ¿quieres decirme, cariño, a qué viene todo esto? ¿Adónde quieres ir a parar?

Personalmente no me planteo problemas religiosos. Desde chiquito acepté la trascendencia y me ufano de no transgredir la ley moral. Me tengo por un hombre honesto. Mentiría si te dijese lo contrario. ¿Dudas? ¿A quien no le asaltan dudas en materia religiosa? ¿Tú crees, por ejemplo, que Dios es justo al encararnos con el misterio? ¿Se me han dado a mí, pongo por caso, las mismas oportunidades de fe que a Tomás o a los discípulos de Emaús? Ellos vieron a Cristo resucitado, triunfando sobre la muerte, querida; incluso aquél metió el dedo en las llagas de sus manos y el puño en su costado. ¿Cómo iban a dudar de su divinidad? Otro tanto diría de la muchedumbre que asistió a la multiplicación de los panes y los peces o a la resurrección de Lázaro. ¿Cómo valorar la actitud de aquellos seres testigos del prodigio lo mismo que la nuestra? ¿Es equitativo premiarnos a todos de la misma manera? Ante la evidencia, la fe carece de valor. Si la fe es creer lo que no vimos, la única fe meritoria, mejor diría auténtica, es la nuestra, cariño, no la de ellos (la de los que vieron, quiero decir). ¿No lo crees así? Y, como esto, tantas y tantas cosas.

Respecto a lo que me cuentas de tu amiga no me sorprende. También yo conozco algún caso en que lo religioso y lo patológico se dan la mano, sin ir más lejos, el de Rosario Cerviño, la hermana de Baldomero, en Granada. Esta mujer, a poco de casarse, empezó con la obsesión de que ella era el Anticristo y andaba como huida, evitando hasta la comunicación con su marido. Baldomero me lo contó una noche y yo recurrí a Onésimo Navas, un amigo versado en Teología, pues el médico, ante la obstinación de la enferma, se desentendió del caso. Pero a Onésimo, que, aparte sus conocimientos, es un sicólogo de primera, le bastó una carta informándole de que eso no era posible puesto que el Anticristo había de ser varón, para que los temores de Rosario Cerviño se desvanecieran. Durante doce o quince años aquella mujer hizo vida normal, hasta que un día apareció en la prensa el primer caso de transformismo sexual, quizá fuera el de la famosa Coccinelle, no recuerdo exactamente; la cuestión es que, de pronto, el equilibrio de Rosario Cerviño se derrumbó, empezó a decir que era un hombre y además el Anticristo y que el mismo hecho de aparentar ser mujer, de ser un hombre embozado, lo confirmaba. No hubo manera de sacárselo de la cabeza. Empezó a eludir a los amigos, luego a la familia y, por último, al marido, hasta que no hubo otro remedio que recluirla en una casa de salud. Y allí sigue la infeliz hace más de ocho años.

Pero vayamos a lo nuestro. Yo marcharé a Madrid de víspera, es decir, el día 9. Madrid, y con mayor motivo llegando del campo, me aturde, necesito habituarme al humo, al tráfago de coches y peatones, a los parpadeos de los semáforos... ¡Ahí es nada, los semáforos! ¿No has advertido, querida, que desde que se instalaron estas luces han aumentado los accidentes cardíacos? Hay estadísticas. A mí, personalmente, no me sorprende. El semáforo desafía, azuza, y cualquier hombre, ante él, se impacienta, estudia la mejor manera de burlarlo sin aguardar. Aunque no tengamos prisa, el semáforo nos la inventa. Yo mismo, un hombre jubilado, tan pronto intuyo que la luz verde va a dar paso a la anaranjada, no lo puedo remediar, echo una carrerita. ¿Por qué? ¿Quién me requiere? ¿Quién me espera del otro lado de la luz? Nadie, por supuesto. Minuto más, minuto menos me da lo mismo, pero, de pronto, me asalta la fiebre competitiva y no puedo por menos de apresurarme. El semáforo, créeme, es el peor enemigo del hombre moderno, el gran verdugo de nuestro tiempo.

Por si alguna duda surgiera, yo me alojaré en el Hotel Imperio, en la calle del Carmen. Me gusta el nombre. Hace muchos años que paro allí, más de treinta. Es un hotel sin pretensiones pero, en cierta medida, confortable. El conserje, a quien conozco y me llama don Eugenio, es eficiente y transmite los recados con puntualidad y exactitud. Como, por otro lado, su precio es relativamente económico (¡hay que ver cómo se están poniendo los hoteles ahora!) y su situación céntrica, no veo motivos para cambiar. De modo que ya lo sabes, si antes de acudir al almuerzo se te ocurriera alguna cosa no tienes más que darme un telefonazo.

Me conmueven tus puntualizaciones de última hora, con objeto de que nada me pille de sorpresa. Me agrada la voz ronca en una mujer. Detesto la voz aguda, voz de pito decimos aquí. La voz aguda resulta fastidiosa en las mujeres charlatanas y sorprendente y afectada en las lacónicas cada vez que rompen a hablar. La voz ronca es más cálida y prometedora, más incitante, siquiera un conocido mío asegura que al hombre que le gusta la voz ronca en una mujer es un homosexual en potencia. ¿Te das cuenta de la enormidad? Vivimos una época en que todo lo relativo al sexo se cuestiona, se analiza por arriba y por abajo y de una futesa se deducen conclusiones casi científicas, cuando la única verdad es que el sexo es el instinto primario gracias al cual la humanidad pervive.

Éstas son las últimas líneas que te dirijo antes de conocernos. Dentro de una semana, para bien o para mal, todo habrá cambiado. Esta carta, por el momento en que está escrita que no por otra cosa, es, pues, una carta histórica. Estoy inquieto y por las noches no pego ojo. Mi habitual duermevela se ha hecho vigilia permanente.

Tuyo en cuerpo y alma,

E. S.

Telegrama 8 de setiembre (urgente)

Alarmado tu súbita indisposición aplazo viaje stop impaciente dame noticias curso enfermedad stop escribo stop cariñosos saludos Eugenio.

8 de setiembre

Querida:

¿Qué ha sucedido? ¿Por qué los hados maléficos se encarnizan con nosotros de este modo? No sé qué hacer ni qué pensar. ¿Qué te ocurre, amor? ¿Cuáles son los síntomas de esa indisposición? ¿Todavía no hay diagnóstico? Esta mañana, para aplacar mi ansiedad, me acerqué a la plaza a esperar el coche de línea. Me sorprendió el sobre inconfundible del telegrama. Aquí, en Cremanes, no hay telégrafo y envían aquéllos desde la capital por correo, como una carta cualquiera. No tuve paciencia para regresar a casa y le abrí en la misma plaza. ¿Me creerás si te digo que por unos instantes se me paralizó el corazón? Aquello escapaba a mis previsiones. A veces me sobresalto augurando accidentes pero nunca presagio enfermedades, no me preguntes por qué. De ahí mi desconcierto y mi consternación. El aplazamiento de nuestra entrevista es lo que menos importa. Lo esencial, ahora, es que tu enfermedad no sea de cuidado. Esta dichosa distancia, que siempre he soportado mal, se me antoja, de pronto, una tortura indecible. ¿A santo de qué esa tozuda fobia de tu hijo político hacia el teléfono? Yo quisiera saber de ti a cada hora, a cada instante, pero, ¿dónde llamar? ¿Cómo conectar contigo? Los niños de hoy, con el teléfono y la calculadora a mano, nunca sabrán escribir una carta ni sumar dos y dos, no le falta razón a tu hijo político. Mas, a la larga, ¿no será peor el remedio que la enfermedad? ¿No será más radical y traumático desconectar a los niños de un tiempo que, bueno o malo, es el suyo? Mi situación es la de un pájaro aliquebrado, amor mío. ¿Qué cabe hacer? De alguna manera, yo quisiera aproximarme a ti, tratar de aliviarte. Me gustaría poder contarte largas historias y, cuando te fatigaras, velaría tu sueño, tu mano en la mía, sin separarme un momento de tu lado. Al despertar, te leería versos y jugaríamos a las cartas. ¿Te gusta jugar a las cartas, cariño? A mí no me divierte. Prefiero el ajedrez y, especialmente, las damas. ¿Sabes jugar a las damas? He aquí un juego desprestigiado que apenas cultiva la juventud actual. Desconociéndolo, lo estiman pasatiempo infantil, cuando, en rigor, es uno de los juegos más intelectuales que conozco. Abrir brecha en las líneas enemigas hasta coronar una dama requiere denuedo y un derroche de masa gris parejo al que exige el jaque mate en ajedrez. No, no es precisamente un pasatiempo de chicos el juego de damas. La única objeción que cabría hacerle es la tenebrosidad del tablero. El blanco sobre negro o el negro sobre blanco, que tanto monta, es exactamente el símbolo del luto, del acabamiento. Lo mismo ocurre en el ajedrez. Un juego, por riguroso que sea, no debe inspirar ideas fúnebres, soy demasiado vitalista para admitirlo. Con el fin de evitarlo, de joven ideé un tablero en rojo y verde, con fichas de los mismos colores, que pensé patentar y luego, por una razón o por otra, lo fui demorando. Quizá te parezca una tontería pero el aspecto lúdico se potencia ante un tablero abigarrado que, por su solo aspecto, aventa conceptos mortuorios. Pero me estoy enredando en disquisiciones inoportunas, querida mía, dada tu enfermedad. Yo me iría andando a Sevilla, con mi tablero rojo y verde bajo el brazo, si supiese que, a mi llegada, podría disputar una partida contigo.

Como te iba diciendo, algo se me paralizó dentro al leer tu telegrama en la plaza. Y mi aspecto no debía de ser bueno cuando Ramón Nonato, el barruco, que subía en ese momento unos sacos de cemento a la ermita en la carretilla, se detuvo al verme y me preguntó: «¿Qué, malas noticias, Eugenio?». Le respondí con una evasiva y me metí en el bar a tomar un café, decisión insólita en mí. Me entusiasma el café pero me produce una excitación exagerada. Mi hipersensibilidad hacia ciertas drogas se contrapone a mi insensibilidad hacia otras, el tabaco, por ejemplo. Diariamente fumo tres cigarros, no de marca, que sería un presupuesto, sino humildes farias que saboreo con la misma delectación que si fueran Montecristos. A veces, el placer que me deparan es de tal monta que no acepto el fin y ensarto la colilla en un mondadientes o un alfiler para prolongar unos segundos mi deleite. El cigarro promueve en mi cabeza imágenes optimistas y el picorcillo del humo en las glándulas gustativas, es casi, casi un orgasmo. El tabaco me satisface sin dejar secuelas. Al poco rato de haber fumado es como si no lo hubiera hecho. Naturalmente no trago el humo. Tragar el humo es una grosería, una prueba de insensibilidad, pura glotonería. Los que tragan el humo presumen de expertos fumadores pero, en realidad, no lo son, no saben fumar. A falta de paladar habilitan otro órgano para degustar el tabaco, los bronquios, cuya misión es diferente. Sin embargo son incontables los fumadores que consideran que no tragar el humo es como no fumar, un triste remedo, una masturbación.

Yo aprendí a fumar aquí, en el pueblo, y el pueblo es sabio a la hora de proporcionar goces al cuerpo, esto no tiene duda. Después de comer, arrellanado en una butaca frente al televisor, con un chal sobre los muslos y un cigarro blando, discretamente aromado en anís, entre los dientes, soy una persona plena. El tabaco, si de alguna manera influye sobre mis nervios, es como sedante. Me amodorra, induce al sueño. Algunas tardes, mientras aspiro fumada tras fumada, las imágenes del televisor empiezan a desvanecerse, los diálogos pierden sentido e, inesperadamente, me sumerjo en un profundo y agradable sopor. La cabezada dura poco, minutos, pero duermo profundamente y con un regodeo tal que al despertar me doy cuenta de que he babeado. Babear durante el sueño es indicio de placidez y, si hago caso de Onésimo Navas, de felicidad, ya que, según él, solamente babean dormidos los niños de pecho, únicos seres capaces de alcanzar la beatitud.

Lo cierto es que a mí el tabaco me proporciona un disfrute momentáneo, en tanto el café me hace el efecto de una droga estimulante, muy activa y prolongada. Esto me ha llevado, contra mi gusto, a sustituirlo por el té, que ignoro por qué razones, no produce en mi organismo tan viva excitación. Pero el día que necesito resistir, ver claro o abarcar mucho, me echo al coleto un café. Lo hago en contadas ocasiones, cada vez menos, pero cuanto más reduzco su ingestión más crecidos son sus efectos. De modo que esta mañana, después del desfallecimiento de la plaza, entré en el bar y me tomé un cortado. Al momento se puso en orden mi cabeza y tomé una resolución, responder a tu telegrama con otro telegrama, pero como aquí no hay telégrafos, me llegué donde Cándido, telefoneé a Baldomero y, aunque él estaba ausente, se lo dicté a uno de los chicos para que lo cursara inmediatamente a Sevilla.

Sí, piensas bien, querida, Baldomero Cerviño está enterado de lo nuestro; yo no podía ocultárselo después de una amistad fraternal de más de cuarenta años. Baldomero, no te preocupes, es un hombre discreto y de buen sentido, la antítesis de un fantoche correveidile. Únicamente le he ocultado lo de *La Correspondencia Sentimental*, esto es, que estableciéramos contacto a través de esa revista, entre otras razones porque no es cierto, ya que yo, como bien sabes, tropecé con tu mensaje en *La Correspondencia*, por puro azar, como podía haber tropezado en una piedra. Tú me entiendes y yo me entiendo, pero ¿cabría esperar lo mismo del guasón de Baldomero? Créeme, mejor es así. Por otra parte, ¿a santo de qué tenemos que dar explicaciones a nadie de nuestros actos?

Y ahora, después de desahogarme contigo, queda lo más grave: esperar. ¿Cómo entretener la espera? He aquí el drama.

Que tu indisposición no sea nada, querida mía, te desea con toda el alma,

E. S.

Amor, mi dulce amor:

Esta mañana llegó tu carta. No es un repique a gloria pero, al menos, hemos eliminado la incertidumbre. He pasado dos días amargos imaginando disparates. La sintomatología es típica: náuseas, febrícula, ligero tono amarillento en la piel... Los comienzos suelen ser desconcertantes. Mi difunta hermana Rafaela padeció esta enfermedad por los años 50. Los médicos hablaron primero de fiebres de Malta, luego de tifoideas, hasta que, finalmente, emitieron el diagnóstico acertado. Hoy es más sencillo diagnosticar una hepatitis, pero no tanto determinar el cauce de penetración. ¿Te pusieron alguna inyección en las dos últimas semanas? Las inyecciones y las transfusiones de sangre son, con frecuencia, vehículo de contagio. Pero ya nada adelantaríamos averiguándolo.

Para combatir esta enfermedad, antes que medicamentos, has de armarte de paciencia. Reposo y una dieta adecuada curan la hepatitis, amor. Nada de guisos, nada de picantes, nada de grasas y, por contra, mucho arroz blanco, muchas carnes planchadas, mucho azúcar, mucha leche y derivados. La dieta no es muy apetitosa que digamos. Concretamente yo, que gusto de halagar al estómago, haría un deficiente enfermo de hepatitis. Tú, por el contrario, que, según me dices, no reparas en lo que comes, podrás sobrellevarlo dignamente. Más temo por el reposo. De tus fotografías, jugando con tu nietecita la primera y, exultante en la playa, la otra, así como de tus cartas, deduzco que eres una mujer dinámica. Comprendo que es una contrariedad, querida, pero ahora tendrás que dominar tu vitalidad. No es cuestión de vida o muerte, pero sí de que en lugar de pasar un mes en cama, requirieras tres o cuatro. La cosa es seria. Con reposo escrupulosamente observado y un régimen de comidas adecuado, las transaminasas irán decreciendo gradualmente hasta volver a la normalidad.

¿Te importa someterte a periódicos análisis de sangre? Yo no podría soportarlo. No puedo siquiera pensar que mi cuerpo vive gracias a que en toda su infraestructura existe una red de irrigación sanguínea que alcanza hasta la punta de los cabellos. Que las válvulas del sistema funcionen sin contratiempos, que los vasos (algunos delgados como hilos) no se obturen, me parece ya algo prodigioso. Pero que alguien, un extraño, se inmiscuya en el proceso, abulte mi vena, estrangulándola con una goma, pinche en ella y absorba mi sangre como un insecto es algo que literalmente me descompone.

En lo concerniente a mis relaciones con Petri, debo aclararte que si yo no me casé con ella no fue porque mi difunta hermana Eloína se erigiera en gendarme inflexible de mi soltería. Tampoco por no pagar en mala moneda su abnegación (la de Eloína). Lo de la pequeña Petri fue un devaneo juvenil, frívolo e ingenuo, que si no llegó más lejos fue gracias a la experiencia de mi hermana. Matrimonio y celibato son hábitos, Rocío, ni más ni menos. De ahí que para mí, la única boda con garantías sea la del soltero recalcitrante. Que ¿por qué? Muy sencillo. Las razones para romper una inveterada costumbre han de ser muy poderosas. Si el célibe impenitente ha organizado su vida sobre las bases de la independencia y el egoísmo, el hecho de abandonarlas de pronto, de abandonar estas bases, demuestra que ha puesto a otro ser por delante de todas las cosas, incluso de sí mismo. ¿Comprendes ahora las razones que me asisten para hablarte de la intensidad de mi amor? Petri, aquella muñeca dentona y vivaracha, jamás despertó en mí los sentimientos que hoy me embargan, lo que equivale a reconocer que nunca hasta hoy estuve realmente enamorado.

Querida, mientras tu reposo dure, procuraré escribirte con mayor asiduidad, si posible fuera todos los días, aunque sean misivas breves e insustanciales. Lo importante es que mi recuerdo te acompañe, te ayude a sobrellevar la enfermedad. Y, en tanto, mucha calma, vigila las transaminasas y tenme al corriente de tu estado. No hagas caso de vaticinios. Nadie puede prever la duración de una hepatitis. Conozco casos que se han resuelto en quince días, aunque esto no sea lo corriente, y otros que han demorado meses. Confiemos, amor. De momento, yo me siento a tu lado y espero pacientemente contigo,

E. S.

12 de setiembre

Queridísima:

¿Escuchas música? ¿Qué mejor cosa podías hacer? Me describes tu habitación con tal lujo de pormenores que te sitúo sin esfuerzo en ella. Verdaderamente Federico, tu hijo, es muy cariñoso y solícito contigo. Mozart, Haydn, Bach... ¡Un menú musical selecto! Yo nunca te hablo de música. Difícilmente nos entenderíamos. La música y las matemáticas son para mí dos áreas remotas, desconocidas. Soy devoto de la música popular; a la alta música no llego. Muertos Machín y Gardel, el sentimiento desapareció de la música, murió con ellos. Nada extraño. En literatura, pintura, incluso en la vida, está sucediendo otro tanto. El sentimiento ya no es estético. Pero yo, terco de mí, sigo exigiendo al arte sentimiento. Y concretamente en la música, al tiempo que una emoción, busco mi pasado, la evocación del tiempo que se fue. Soy un nostálgico contumaz. Para mí, Machín, viene a representar lo que la famosa magdalena para Proust. Escuchar *Angelitos negros* equivale a remover toda mi juventud. Los grandes músicos, en cambio, me dicen poco. A los maestros me acerco tímidamente, con respeto, sí, pero también con recelo. Y a veces encuentro algo, como en la *Novena*, de Beethoven, o en *Las cuatro estaciones*, de Vivaldi, pero no creo que sea porque yo me eleve sino porque ellos hicieron concesiones.

Lo de los jóvenes me da miedo. Cada vez que voy a casa de los Cerviño y oigo la música desacompasada, el volumen infernal a que la escuchan los chicos, salgo asustado. Aquí, en Cremanes, sucede igual con los jóvenes Aspiazu. ¿Por qué esta pasión juvenil común por la música violenta? ¿Por qué la ponen tan alto? ¿Qué es lo que no quieren oír?

Confío que un día, cuando estemos juntos, aciertes a educar mi oído. La conciencia de que pasamos por la vida sin sacar partido de muchas cosas bellas me entristece. Tú sabrás ponerme un día en disposición de comprender a Chopin. Sueña con ese día tu devoto,

E. S.

13 de setiembre

¿Cómo te encuentras, amor? Me gustaría poder contarte una historia que te absorbiera, una historia apasionante y minuciosa, como las que me contaba mi difunta hermana Eloína cuando niño, cada vez que caía enfermo con anginas. Las anginas fueron la enfermedad de mi infancia. Casi te diría que de los tres a los quince años, durante los crudos inviernos del pueblo, apenas abandoné la cama. Recuerdo que, estando con fiebre, la cama me desazonaba, no encontraba lugar para la cabeza y tanteaba con los pies entre las sábanas buscando un rincón inédito, no recalentado. Al atardecer, cuando mayor era mi desasosiego, entraba de puntillas en la habitación, con su calceta, mi difunta hermana Eloína, se sentaba orilla mi vieja cama de hierro y empezaba a relatarme una historia interminable, llena de incidencias y sorpresas. No recuerdo cuánto tiempo duraban sus relatos pero, inevitablemente, al concluir, yo estaba tranquilo, relajado bajo las mantas. ¡Qué sensación tan placentera! Así me gustaría atenderte a ti. ¿Te pone tu hijo música todos los días? ¿Vigilas las transaminasas? Cuídate, amor; hay alguien en el mundo que te necesita.

Te quiere un poco más cada día,

E. S.

15 de setiembre

Queridísima:

Tu imagen me persigue las veinticuatro horas del día. Me levanto con tu fotografía entre los dedos y me duermo (es un decir) contemplándola. Ahora me obsesionan las zonas difusas de tu cuerpo: el hoyuelo donde tu garganta concluye, las axilas, el tibio triángulo que divide tus pechos. A veces te acaricio con los ojos con tal insistencia que llego a percibir una sensación táctil. Entonces se hacen notorios los más insignificantes accidentes de tu piel: los poros, el breve y brillante vello rubio, partículas infinitesimales de salitre. A la noche, claro está, me asaltan sueños libidinosos. ¡Ese tirante mínimo que rodea tu cuello! Anoche, en mi duermevela, lo desataba morosa y amorosamente en un juego erótico elemental. ¡Qué turbación, mi amor! ¿Es posible, criatura, que uno pueda despertar al erotismo a los 65 años? ¿Qué extraño bebedizo me has dado para encender en mi pecho estos deseos adolescentes?

Te propongo un plan, contando de antemano con tu aquiescencia. El día 25 hay luna llena. ¿Por qué no nos encontramos mirándola, a las doce de la noche, mientras escuchamos ambos la *Pequeña serenata nocturna*, de Mozart? Sería excitante vivir unos minutos pensándonos mutuamente. Para evitar errores de horario convendría guiarnos por el informativo de Radio Nacional. ¿Estás de acuerdo? Habla.

Tuyo,

E. S.

17 de setiembre

Querida:

Acabo de recibir una tuya enfurruñada. ¿Qué arte me doy para sacarte de quicio? ¿Soy yo impertinente o eres tú suspicaz? ¿Las dos cosas, tal vez? Mi amigo Onésimo Navas sostiene que en el matrimonio no es aconsejable una excesiva semejanza entre las partes ni una disparidad radical. Esto es, el matrimonio funciona cuando existen puntos de acuerdo y puntos de discrepancia. Los primeros engrasan la convivencia, los segundos suministran temas dialécticos gracias a los cuales la comunicación perdura. Es una teoría inteligente que Baldomero Cerviño suscribe poniendo su caso como ejemplo. En efecto, Esperanza, su mujer, era una persona delicada pero introvertida y melancólica. Él, Baldomero, como buen andaluz, todo lo contrario: exultante, arrebatador, festivo. Esperanza se insertó en sociedad gracias a Baldomero y Baldomero no se desbordó, se mantuvo en el comedimiento, gracias a su mujer. De la amistad podría decirse otro tanto. Baldomero y yo intimamos antes que por nuestras afinidades, que son muchas, por nuestras desemejanzas. El antagonista, lejos de ser un enemigo, viene a darnos fe de que existimos.

Eres injusta al afirmar que me avergüenzo de *La Correspondencia Sentimental* y que si tú escribes en una revista de la que yo me avergüenzo nuestra discrepancia es esencial. En primer lugar, yo no puedo avergonzarme de lo que no conozco, no me fijo en este tipo de revistas, ya lo sabes, para mí como si no existiesen. Y, en segundo, si ese papel me puso en contacto contigo, la razón de mi vida, aunque fuese por azar, sin propósito deliberado, ¡bendito sea ese papel!

Olvídate de mis consideraciones mal medidas o improcedentes. Ahora me arrepiento de la mía última, donde te hablaba de la excitación erótica que en mí promueve tu fotografía. Tenla por no escrita, no es de recibo.

Tuyo de corazón,

E. S.

19 de setiembre

Muy querida mía:

¿Se te pasó ya el berrinche? ¿Estás más animada? La admonición no te sienta, cariño, no concuerda con la mujer alegre, despreocupada, de las fotografías. Toda mujer, al sentirse amada, propende al autoritarismo, y con mayor razón cuando su enamorado se muestra dócil, proclive a la lisonja. Entregarse con demasiada premura, sin condiciones, tiene estas quiebras.

Ayer tarde, después de pasear un rato a Ángel Damián por la carretera, encontré en el bar a Aquilino, el molinero. Andaba un poco cargado y este hombre, con vino, es inmisericorde. Habla y habla imprudentemente, siempre alrededor de él, en perpetua quejumbre. Se queja de la cabeza, del hígado, de los pies. Nada le funciona, de todo se adolece. Los pies, en efecto, recalentados y llenos de durezas, los tiene hechos una lástima, pero, ¿qué menos se puede tener a los 60 años? Aquilino es un hombre que metido en confianza (y el vino se la da) no te hablará más que de sus alifafes. Estos hombres que se quejan de todo, que todo les duele, no tienen razón de existir. No se puede triturar a un semejante a cuenta de nuestros padecimientos, creo yo.

El año no viene tan flojo de fruta como parecía en principio. Excepto la ciruela claudia, que, en ayunas, me regula el vientre y que este año no hemos probado, la cosecha será media y la de nuez, excepcional, quizá la mejor en los últimos veinte años. Pero falta gente joven para el apaleo y la nuez hay que cogerla antes de que cuque, pues si no, entre los chicos y los pájaros no

queda una en su sitio. La nuez de estos pagos es mollar, aquí le dicen pajaritera, y casca fácilmente mediante una leve presión. Más adelante veré de enviarte
un fardillo para que las pruebes.

Tuyo de corazón,

E. S.

20 de setiembre

Amor mío:

Aunque expresamente no lo digas es obvia tu predilección por tu hijo Federico. A tu hija, a tu yerno, a tus nietecitas, apenas si los mientas. Tan sólo hablas de él, de Federico, debilidad muy comprensible, puesto que en la época que vivimos resulta insólito un muchacho consagrado a su madre enferma, haciéndola un té, poniéndola música en el tocadiscos, acompañándola. ¡Edificante! Tu pasión por Federico es tan notoria que en tu última apenas me hablas de otra cosa, insistencia justificada ya que yo, en la mía, olvidé responder a su consulta, obsesionado como estaba con el tonto pleito de *La Correspondencia Sentimental*. Una pregunta previa: ¿Va a mencionar tu hijo mi nombre en su tesis? Tal cosa no me agradaría. Tu hijo no comprende, o no quiere comprender, mi trayectoria en *El Correo*, mi desinteresado sacrificio de mediador y mi subsiguiente holocausto. Federico, tu hijo, es mi más severo juez, querida. Tu hijo transfiere al cauce profesional sus traumas sentimentales. Perdona que vaya con estos cuentos hasta tu lecho del dolor, pero a la altura de nuestra relación sería pueril ocultarlo: Federico está celoso de mí. Tu hijo, único varón en la familia al fallecer tu marido, te quiere en exclusiva, para él solo; yo sobro. Pero seguramente, a su edad, considera bochornoso reconocerlo así y prefiere destruir mi imagen, desprestigiarme, quitarme el aura (si es que alguna tuve), cualquier cosa con tal de minimizarme ante tus ojos. A su edad esto es disculpable, pero me preocupa su tesis y, si no es mucho pedirte, me gustaría echarla un vistazo antes de que la presente. Insístele en un extremo: a *El Correo* más daño que Madrid y que la propia censura le hizo el encasillamiento de sus dirigentes, empezando por el nuevo director y terminando por el Consejo. Siento curiosidad por ver la interpretación que don Juan Manuel Aldama hace de unos hechos que únicamente conoció de referencias. Le temo a su pluma ácida, a su lengua pugnaz. ¿Qué opinará el joven Aldama sobre mi caso? ¡Vaya usted a saber! De todos modos sería necio oponerme a que Federico le entrevistase. Está en su derecho y me hago cargo de su curiosidad (que, en el fondo, también es la mía). Ya veremos por qué registro sale. Pero salga por donde salga, ten la seguridad de que ni estos contactos, ni su desapego, ni las ideas socialistas de que tu hijo alardea, empalidecen mi afecto hacia su persona, mi gratitud por las atenciones que te dispensa. Bastaría esto, aunque no le adornaran otras cualidades, para que en lo más profundo de mi corazón le haya adoptado, desde hace tiempo, como hijo.

¿Cómo van, querida, esas transaminasas? Nada me dices al respecto en tu última. Vigílalas. No dejes de someterte a análisis periódicos, a ser posible semanales.

Ayer tarde se desencadenó sobre el valle una tormenta tardía que, por tardía, resultó aún más aparatosa. Cuando cesó la tronada, la gente salió a coger caracoles en tapias y senderos. Hoy continúa nublado. La tormenta, como viene siendo frecuente en los últimos años, degenera en temporal.

Bajo el sol o bajo la lluvia te recuerda apasionadamente,

E. S.

23 de setiembre

Amor:

Exulto como un colegial ante la idea de nuestra cita en la luna, arrullados por Mozart. Tengo fe en la comunicación telepática, la transmisión de pensamiento y, en general, en las fuerzas ocultas. A veces me ha ocurrido ir por la calle pensando en una persona y encontrarme con esa persona al doblar la esquina. Tampoco es infrecuente soñar con alguien que hace años no ves y tropezártela a la mañana siguiente al salir del portal. Son situaciones hadadas sobre las que la mente no se pronuncia aunque se produzcan precisamente por el poder de la mente. Quizá no me creas pero el otro día, al recibir tu anteúltima carta, supe que estabas enojada antes de abrirla. Con estos antecedentes, he puesto una desproporcionada ilusión en nuestro encuentro de pasado mañana ¿Te veré, descubriré tu sonrisa en la faz de la luna? ¿Me transmitirás un mensaje? En cualquier caso será una especie de conocimiento previo que simplificará nuestro conocimiento real, aplazado por tu inoportuna hepatitis. No lo olvides. Día 25, a las 12 de la noche, tan pronto Radio Nacional interrumpa su programa para emitir el informativo.

Ayer trabajé duro en el huerto. Los arbejos se han secado, pero, secos y todo, los cosecharé, mitad para consumo (mezclados con alubias pintas y una punta de tocino, están exquisitos), mitad para siembra. La patata, que vino temprana este año, ni abunda ni ha medrado. La temporada pasada, cada planta no dio arriba de dos o tres pero eran patatas tamañas, ¡alguna de medio kilo!, de muy fino paladar. Dicen que la patata degenera y, cada dos años, es conveniente variar la siembra, pero lo cierto es que la patata cultivada por propia mano, con basura y sin pesticidas, tiene el mismo gusto que la patata de antes de la guerra. También salen mezquinas este año las remolachas de mesa, pero su sabor es más dulce y aromático que cuando engordan demasiado. A mí me entusiasma la remolacha roja (empezando por su color) hervida, con aceite y vinagre y un pellizco de sal. ¿La has probado? ¿Qué opinas de ella?

Lo que me desborda, en cambio, es la alubia verde, vaina decimos aquí. He sembrado ocho calles de veinte cepas cada una y con tan corto número podría alimentar a un regimiento. Mi equivocación fue ponerlas rodrigones de chopo viejo, podridos, que en su mayor parte han tronzado con el viento y aquello es como la selva, hay tramos impenetrables. Pero nacen vainas en todas partes, las cojo a puñados, diríase que crecen ante los ojos, en cuestión de segundos. Como a mí me sobran y aquí tiene huerto todo el mundo, ayer mandé un saco a Baldomero en el coche de línea, él aprecia esta hortaliza y todavía tiene en casa muchas bocas que alimentar.

¡Cuánto daría, querida, porque vieses mis rosales! Rosas y caléndulas son las únicas flores que cultivo pues las florecillas silvestres me bastan para alegrar la vista. Pero la eclosión de los rosales rojos es un espectáculo. Brotan a borbotones, en auténticos racimos, hasta el punto de que llega un momento que hay más flores que hojas. Desgraciadamente es ornato efímero, mas como a lo largo del verano se producen al menos dos floraciones, siempre, salvo un paréntesis de dos semanas, hay alguna. Ayer corté dos bellísimas y las puse en un vaso, sobre la cómoda, ante tu fotografía (entiéndeme, la que estás haciendo cosquillas a tu nietecita, pues la otra, la del tanga, podría dar que hablar a Querubina, mi ama de cura, cosa que prefiero evitar), pequeño homenaje de mi corazón apasionado.

Adiós, amor, vigila las transaminasas. Yo estoy otra vez con la acidez. Hasta pasado mañana, besa tus manos,

E. S.

26 de setiembre

Querida mía:

Tras las emociones de anoche, imposible conciliar el sueño. Y aquí me tienes, amor, a las siete de la mañana, intentando reanudar la comunicación contigo. Porque anoche, cuando Radio Nacional anunció su informativo y, encarado con la luna, puse el disco de Mozart, experimenté un auténtico transporte. ¿Cómo transmitirte mis sensaciones? Previamente, en los minutos iniciales, pasé una auténtica agonía. El corazón me escapaba del pecho, sus latidos eran tan apresurados y rotundos que temí pudiera ocurrirme algo. Enseguida te sentí a mi lado y, simultáneamente, nos vi a los dos recortados en silueta contra la luz de la luna, escuchando, enfebrecidos, los compases de Mozart. ¿Cómo pude decirte un día que yo no llegaba a los clásicos? Nadie puede afirmar eso. Llegar a ellos o que ellos lleguen a ti, es un problema de recogimiento. Y Mozart, anoche, era no sólo un maestro sino un cómplice. Yo te pensaba y sabía que me pensabas y Mozart, con su profunda melodía, estaba por medio, era nuestra celestina. Hubo un momento, querida, en que el éxtasis fue total. Olvidé dónde estaba, mejor dicho, no estaba donde estaba, sino junto a ti, bebiéndome tu aliento. Y, al propio tiempo, conforme te digo, me hallaba fuera de mí, podía contemplarme y contemplarte, es decir, se produjo en mi interior como un desdoblamiento. Era a la par, protagonista y testigo y, así que la música cesó, me quedé tan hechizado que debí permanecer inmóvil varios minutos antes de reaccionar.

Aguardo tu carta con impaciencia. La embriaguez de tu presencia y mi insomnio de esta noche te explicarán la incoherencia de esta mía. Lo único coherente y cierto de este instante, en que el sol empieza a dorar las copas de los pinos, es mi amor por ti, más profundo, más cálido, más arrebatado cada día. Tuyo,

E. S.

28 de setiembre

Amor:

Tu carta de hoy ha sido para mí como un mazazo. Mi fe ciega en la comunicación telepática he de ponerla en entredicho. ¿Cómo pudiste olvidar una cosa así? Comprendo que el ajetreo de una gran ciudad, tu núcleo familiar, poco tienen que ver con el retiro de anacoreta en que mi vida se desenvuelve. Pero, con todo, la razón que aduces no es convincente: el espacio «Grandes Relatos» se prolongó hasta más allá de las doce y, cuando quisiste darte cuenta, la hora de nuestra cita había pasado. Rocío, ¿tan poco significaba ésta para ti? Me hago cargo que en tu situación de reposo absoluto, la música, los libros y la televisión constituyan tus pasatiempos habituales pero, precisamente por su carácter inhabitual, nunca debiste olvidar nuestra romántica cita. Discúlpame, hablo por mí, a impulso de mi egoísmo, de mi amor desbordado, y no tengo derecho a exigir correspondencia al mismo nivel. Desde hace semanas, tú estás presente en todas las actividades de mi vida, te pienso a toda hora, me obsesionas, por eso, cuando el trance se produjo, experimenté un verdadero arrobamiento. De repente, hoy, con tus líneas de excusa, de puro trámite, ¡zas!, todo se viene abajo. Nuestra cita fue un fraude, una desoladora impostura. Sencillamente no fue, porque tú... te olvidaste. ¿No encontraste forma más piadosa de decírmelo? Sí, de acuerdo, en amor lo que no es sinceridad es hipocresía, no sólo lo que se falsea sino lo que se silencia, pero pienso que a veces el daño que causan las palabras justificaría un caritativo encubrimiento. De-

134

searía exculparte pero desde mi posición emocional es difícil hacerlo. Es más, el hecho de que fuera el televisor, trasto que habitualmente menosprecias, el causante de tu olvido, aumenta mi decepción. Hay en mí algo de masoquista, lo reconozco, pero si uno no se reserva el placer de autocompadecerse, de sentirse víctima, ¿quieres decirme qué le queda?

Estoy acongojado, Rocío. Cuando algo no te estimula por dentro, las puestas de sol en Cremanes resultan fúnebres. La gente habla frívolamente de la caída del sol pero nadie, en realidad, le ha visto nunca caer. Yo sí, querida, le veo caer literalmente cada tarde por detrás del Pico Altuna, las crestas del monte empiezan a roerle por la base y en pocos segundos lo devoran, dejándome sumido en una desolación crepuscular. Desde la melancolía, un espectáculo así, resulta luctuoso, por no decirte insufrible. Y, para rematar la fiesta, la hiperclorhidria me corroe el estómago de manera despiadada.

Te quiere tu desventurado amigo,

E. S.

30 de setiembre

Querida:

Disculpa mi última. Nadie tiene derecho a mendigar amor. El amor se siente o no se siente, no se finge ni se improvisa. La escena del amante dando a lamer sus llagas a la amada (sus llagas de incomprendido) es un espectáculo deprimente. Dejemos, pues, las cosas como están.

Para contrarrestar mi abatimiento, dedico estos días al ejercicio físico. Ayer me fui paseando hasta Cornejo, empujando el cochecito de Ángel Damián, y, esta noche, antes de cenar, hemos estado limpiando de estorninos el palomar de Protto. Estos pájaros, que, hace quince años, no se conocían aquí, constituyen ahora una plaga. Antaño en el páramo, el alcotán establecía una frontera, los mantenía a raya. Hoy no hay frontera porque falta el aduanero. ¿Qué ha sido de la colonia de alcotanes que anidaban arriba, en los tilos y castaños de la carretera? Nadie lo sabe. Un día de estos, avisaré a Ramón Nonato para limpiar también de estorninos la panera de casa.

¿Cómo sigue esa hepatitis, cariño? ¿Vigilas las transaminasas? ¿Estás en buenas manos?

Te recuerda a toda hora,

E. S.

3 de octubre

¿Qué nos sucede, amor, de un tiempo a esta parte? ¿Cómo puedo ser tan torpe y chapucero que en cada carta te suministre un motivo de enojo? ¿Tantas veces te he repetido lo de las transaminasas que he llegado a irritarte? La insistencia en este caso, querida, no es sino prueba de interés. No soy médico, claro, ni siquiera aficionado, pero interpretar el análisis de una hepatitis es muy simple, está al alcance de cualquiera, máxime si tenemos el anterior a la vista para compararlos. Pero no te tomes un berrinche por tan poco, amor. Yo me conformo con saber que vas mejor aunque lógicamente me intranquilizo cuando transcurren semanas sin información concreta sobre el asunto.

Lamento haberte ofendido con lo de la fotografía, pero debes hacerte cargo. Querubina, mi ama de cura, es mujer honorable y, en cierto modo, juiciosa, pero, como buena viuda fondona, proclive a la chismorrería, de tal modo, que si yo adornase con flores tu fotografía en bañador, a la media hora andaríamos en lenguas por todo el pueblo. No, no se trata de que yo sea esclavo de las convenciones sociales, entiéndeme, sino que aquí, en Cremanes, como en todas estas aldeas de Castilla, un acto semejante no sería bien interpretado. Los indígenas aceptan el bikini en las playas, inclusive aquí, en las piscinas de los veraneantes, de los forasteros, pero que el Eugenio (como aquí me dicen), un hijo del pueblo, se enamore de una mujer que se baña medio en cueros, y, para mayor escarnio, exhiba su retrato como un reto, constituiría motivo de escándalo. La gente rústica es así, querida, y yo no puedo cambiarla. Por sabido, no comparto su reacción, no me merece

137

aprecio, pero, ¿quieres decirme qué adelantaría provocándola? No te alteres, Rocío, por favor, date a razones: no me avergüenzo de ti, pero si, con el tiempo, vas a ser una asidua de este pueblo, ¿qué gano enrareciéndote el ambiente?

Por días me vuelvo susceptible e irritable. Necesito comprensión. A ciertas horas me invade el desaliento. ¿Por qué? El mundo me deprime, Rocío, me asusta. Preciso de alguien en quien confiar, en quien apoyarme cuando las aguas se agitan y el naufragio amenaza.

No quiero afligirte más. Piensa en ti, cree en ti, sueña contigo,

E. S.

5 de octubre

Amor:

Hoy luce un día azul, esplendente, atemperado por una dulce brisa del norte. La madura luz de la mañana, con un toque macilento en la arboleda del soto, es ya decididamente otoñal. De pronto, como convocado a corneta, el pueblo entero se ha puesto en movimiento y ha comenzado la recolección de la fruta. Diríase que el vecindario aguardaba a que se fuera el último veraneante, Julio Aspiazu, el navarro, que marchó ayer. En el vallejo todo es fragor de motores, voces, actividad... También yo bajé temprano a la huerta. Además de los ciruelos, un moral y dos perales, tengo veintitrés manzanos (cinco reinetos y docena y media de camuesos), una propiedad pequeña pero que da para entretenerse. Los reinetos, por más tardíos, pueden aguardar hasta la segunda quincena, pero el camueso ya está en sazón. La manzana suelta bien este año, demasiado bien, ya que hay frutos que se desprenden al vencer la rama y ya se sabe que manzana golpeada es manzana perdida.

La recolección suele ser faena familiar, compartida, de ahí que esta mañana, al verme solo, encaramado en un camueso, me diera por soñar, te imaginara a ti al pie, sonriéndome y charlando, haciendo bolsa con el vuelo de tu falda, mientras yo, desde lo alto, te iba arrojando frutos. Una visión relajada, entrañable, sentimental. Y así, como por juego, sin tomármelo muy a pecho, llené cinco canastas que, a un promedio de veinte kilos, hacen un total de cien. Si estuvieras más cerca te facturaría una caja, pero la manzana es fruto perecedero, aguanta mal el porte, y hasta Sevilla es más que probable que no llegara una sana. Más adelante las probarás.

Para mí esta manzana, tan tiesa y aromática, es la de mejor paladar que hay en España y si carece de fama es porque a los castellanos nos faltan dos cualidades esenciales para vender: sentido cooperativo y espíritu de comercialización.

Releo tu última. Nadie adivinaría que escribes desde la cama. Tu letra, aplicada, firme, de trazo grueso, no se ha alterado con la enfermedad, sigue siendo la misma de siempre. ¿Cómo te las arreglas? ¿No te levantarás a hurtadillas para escribirme? Ten cuidado. Antes que la caligrafía está tu salud... ¿Te has fijado en los rasgos duros de la P y de la Q? Te confiaré un secreto: soy un poco grafólogo. Aprendí las primeras nociones de don Próspero Mediavilla, mi antecesor en la jefatura de redacción, un versado maestro. ¿Te enojarás si te digo cómo eres? No, no te rías, la Grafología es una cosa seria, una ciencia, aunque la mayor parte de los seres ignoren que cuando rellenan una cuartilla se están desnudando (síquicamente, se sobreentiende), expresando sin ambages su carácter. Pues bien, querida, de tus rasgos caligráficos deduzco que eres una mujer presumida, sensible, resuelta y de carácter fuerte. El inolvidable don Próspero hubiera matizado más, pero yo, simple aficionado, soy incapaz de pasar de ahí. Los calificativos, aunque troquelados, poco flexibles, en conjunto son halagüeños. Me agradan las mujeres presumidas, sensibles y resueltas. En cuanto al carácter fuerte, depende del grado. Los caracteres débiles, como hojas en el viento, me resultan despreciables, si que también me enfaden los excesivamente autoritarios. Mi difunta hermana Eloína era un tanto dominante, sin duda las responsabilidades, en cambio Rafaela, la maestra, representaba el equilibrio, un carácter entero pero dúctil y condescendiente.

Adiós, cariño, espero tus noticias con avidez. Mi estómago sigue manando fuego pero es mayor aún el que inflama mi corazón. Tuyo,

E. S.

8 de octubre

Amor:

¿No bromeas? ¿Es cierto lo que me dices? ¿Es verdad que te han dado de alta? ¿Cómo va a ser posible que en apenas tres semanas hayas superado la hepatitis, una enfermedad tan larga y pertinaz? ¡Bendito sea Dios! Esto quiere decir que las transaminasas están en orden ya que las transaminasas marcan el índice, hablan con mayor rigor que el doctor. Aceptémoslo con júbilo, querida, pero con prudencia; no nos precipitemos. No tomes la autorización del doctor al pie de la letra; come de todo pero con método. Vigila las grasas; no te atiborres de platos indigestos. ¿Has adelgazado? En esta enfermedad es frecuente adelgazar, el reposo no llega a compensar la dieta sin condimento. Mi difunta hermana Rafaela, si mal no recuerdo, perdió cuatro kilos en el trance. Claro que su enfermedad fue más prolongada.

Me sorprende el tono de tu carta, inane, sin vibración. Hablas de tu restablecimiento como de un vulgar incidente cotidiano. Posiblemente la hepatitis te ha dejado desmadejada. El paquete muscular de las extremidades inferiores suele quedar enerve, flojo, pero su recuperación es rápida, cuestión de días. A pesar de todo, tu decisión de encontrarnos en Madrid el día 15 me parece un poco precipitada. ¿Estarás en condiciones de viajar para esas fechas? Yo ardo en deseos de conocerte, de charlar contigo, pero, ¿no sería más sensato dejar transcurrir otro par de semanas? No guía mi juicio afán dilatorio alguno, bien lo sabes, sino cuidado por tu salud. Dices que quieres hablarme. Eso mismo

142

anhelo yo desde hace meses, mi amor. Tras medio año de relación epistolar, estimo que el contacto personal se impone, se hace por días más apremiante. Pero vayamos con calma. ¿Qué ganamos, después de tantas cautelas, apresurando las cosas si con ello provocamos una recaída? La hepatitis no suele volver, es cierto, pero, ¿y si volviera? Seamos prudentes, mi vida; recapacitemos. Si, a pesar de todo, persistes en tu idea (nadie mejor que tú para medir tus fuerzas) lo procedente es poner en ejecución nuestro viejo plan: día 15, dos de la tarde, Restaurante Milano. Pero reflexiona antes de decidir, por favor. Precisamente el día 15 pensaba yo recoger las reinetas, pero la manzana puede aguardar. ¿Sabes lo que me dieron este año los camuesos? Seiscientos cincuenta kilos. No es un récord, ni siquiera una cosecha media, pero si han de pagarlas a diez pesetas, que es lo que están ofreciendo los intermediarios, hubiera ganado más dejándolas en el árbol, tal como hacen Ángel Damián y otros amigos.

Pero volvamos a lo nuestro. Lamento sinceramente que Federico, tu hijo, no pueda acompañarte. ¿Es éste su último curso? Otra cosa: tras la delicada prueba de Madrid, si todo saliera bien y tú no mandas otra cosa, me apetecería visitarte en tu ambiente, ¡en Sevilla!, pasar unas semanas contigo allí. Esta hermosa ciudad, que siempre encerró para mí una magia especial, se ha convertido de pronto, por mor de tu residencia en ella, en el ombligo del mundo. De todos modos, querida, reprime tu impaciencia, reflexiona, aún estamos a tiempo, no te fíes de los dictados de tu corazón.

Sufro un terrible ataque de hiperclorhidria. Mi estómago es un volcán.

Tuyo sin reservas,

E. S.

12 de octubre

Amor mío:

De acuerdo. Me faltan arrestos y voluntad para imponerte otro aplazamiento. Sea, pues, el día 15.

Creo te indiqué ya que paro en el Hotel Imperio, nada del otro jueves pero está limpio, cuidan la temperatura y el conserje, Marcelo, me llama por mi nombre, detalle de agradecer en una urbe donde el anonimato es la norma. Por añadidura, el precio es arreglado. Hasta la hora convenida permaneceré allí, haré que me suban los diarios de la mañana y así entretendré la espera. Si algo necesitaras, llámame por teléfono.

Trato de controlarme, de aparentar serenidad, amor mío, pero estoy lejos de sentirla. Este paso es tan definitivo que los nervios del plexo se contraen y a duras penas me dejan respirar. ¡Difíciles vísperas! Confío que no tomes a mal lo que voy a decirte. Desde chiquito dormí en una desproporcionada cama de hierro, la vieja cama de mis padres que nos llevamos del pueblo. Me hice así a la holgura, a los grandes espacios, a la libertad. Aquella libertad es hoy mi esclavitud; la cama es amplia pero fría, excesiva, mi más ferviente deseo es compartirla.

¿Qué sucederá dentro de tres días? ¡Tremenda incertidumbre! Hasta el día 15, querida, a las dos, en el Restaurante Milano, primer tramo de Ferraz subiendo desde plaza de España.

Te idolatra,

E. S.

144

20 de octubre

Muy señora mía:

Su carta de esta mañana no me ha sorprendido, más bien la esperaba después de nuestro desafortunado encuentro del pasado día 15. Tampoco me ha sorprendido su tono, ceremonioso y protocolario, aunque sí, lo confieso, los agravios gratuitos de su segunda mitad. Aquello, lo de Madrid, no discurrió por los cauces previstos; descarriló. ¿Cómo fue posible una frustración semejante? No lo sé, pero al decirnos adiós había entre nosotros mayor distancia que en el momento de saludarnos. Su actitud evasiva, reservada, se fue acentuando a medida que avanzaba el almuerzo. Pese a mis esfuerzos, usted rehuyó una y otra vez mis miradas y en el momento crucial en que, jugándome el todo por el todo, extendí disimuladamente el brazo sobre el mantel y traté de tomarle una mano usted la retiró de golpe como si se le arrimara una víbora.

Pero todo esto sería pura anécdota, señora, si la conversación hubiera fluido entre nosotros. Desgraciadamente, tampoco fue así. Cada vez que lo intenté usted me respondió con un sofión o permaneció encastillada, como ausente. Empleando un símil impropio me fue imposible cuadrarla. Sus ojos vagaban inquietos por el comedor, entre las caricaturas de las paredes y los comensales que entraban o salían, fingiendo un interés que justificase su desvío. Y en las dos únicas ocasiones en que el ambiente se serenó, invitando a la confidencia, usted apeló al camarero por una fruslería impidiendo que el clima propicio se produjese.

Achaca usted en la suya el fracaso a la decepción física. ¿Por qué no? Nunca he sido un adonis y a lo largo de nuestra correspondencia no lo oculté, es más, creo recordar, que cada vez que me referí a mi físico lo hice con cierta severidad, no exenta de humor. Le hablé, me parece, de un hombre rechoncho con sobra de grasas pero con posibilidades de redención. Pero una cosa es imaginarlo y otra distinta comprobarlo, dirá usted. De acuerdo. Mas yo tengo entre ceja y ceja que usted entró ya en el restaurante decepcionada. La desdeñosa frialdad con que pronunció mi nombre al acercarse a la mesa en que me sentaba es ya un indicio. Otro, la manera de estrecharme la mano, tan displicente, remota e impersonal. ¿Era necesario más? En realidad, con un asomo de determinación, ahí debimos dar por concluido nuestro encuentro. Pero nos faltó valor, cosa explicable en cierto modo. Uno siempre se aferra a la esperanza, piensa que lo que juzga desapego bien pudiera ser pasajero azoramiento y que, a la postre, con un poco de paciencia, las cosas pueden tomar otro sesgo. Vanas ilusiones. Lo nuestro estaba sentenciado desde el principio; aun antes del principio su rechazo era evidente y, me temo, irreversible. Después, la distancia física que deliberadamente puso usted entre los dos en el taxi, su negativa a dar un paseo por el Retiro alegando dolor de cabeza, su determinación de regresar a Sevilla en el primer tren de la noche... ¿Para qué seguir?

No tengo derecho a lamentarme, señora. Cosas así suceden en el mundo cada día. Una comunicación epistolar asidua, afectuosa, de casi medio año, se rompe de improviso al establecer contacto. Normal. Pero hay algo que no lo es, que no es normal, quiero decir, y que me reconcome: el convencimiento de que hubiera

146

sido lo mismo si en lugar de encontrarse conmigo se hubiera usted encontrado con el hombre más apuesto de la Tierra. En una palabra, lo nuestro, por razones que no se me alcanzan, estaba muerto antes de nacer. ¿Cómo? ¿Cuándo? ¿Por qué? He aquí las interrogantes que me planteo y que me martirizan, aparte de que, si era así, si, infortunadamente, es así, ¿qué sentido tiene ensañarse ahora inelegantemente en la ruptura? ¿A santo de qué sus sarcasmos, su acre refinamiento? ¿No subyacerá en el fondo de todo esto una conciencia culpable, la pretensión de justificarse ante sí misma? No doy la talla, ¿qué talla, física o moral? Soy un taponcito pretencioso, ¿de qué me he jactado yo, señora mía, qué pretensiones, fuera de hacerla mi esposa, he albergado a lo largo de nuestra correspondencia? Soy hipócrita y mendaz, ¿puede calificárseme con este rigor por el hecho de medir un metro cincuenta y ocho en lugar de uno sesenta o por la pueril estratagema de encaramarme a un ladrillo para retratarme y aparentar unos centímetros más de estatura? No mantengamos por más tiempo la ficción; olvidemos ambos nuestros sueños adolescentes y seamos francos por una vez, señora. ¿No debimos uno y otro empezar por ahí, por abrir de par en par nuestros corazones adultos y eludir actitudes improcedentes? Porque, sinceridad por sinceridad, señora, tampoco usted mide uno sesenta, ni, con todos los respetos, su aspecto es tan juvenil como proclamaba en *La Correspondencia Sentimental*. Más aún: su físico no guarda la menor relación con la deportiva señorita de la fotografía. Más claro todavía: usted *no es* la señorita de la fotografía. Ignoro con qué fines, usted me envió la primera fotografía que encontró a mano de una atractiva señorita en bañador. Pero, con la mano en el corazón, ¿qué tiene que ver ese cuerpo armonioso, elástico, vital, de la foto, con la mujer madura, de antebrazos fláccidos, ojos enramados y cintura enteriza que se sentó frente a mí en la mesa del Milano? Entiéndame, señora, no formulo esta constatación por resentimiento, en tono de censura, pero si usted confiesa abiertamente, en una publicación, cincuenta y seis años ¿por qué no asumirlos? Durante meses, embaucado por su fotografía, viví en la inopia, imaginando el milagro, pero cuando la otra tarde en Madrid observé atentamente su rostro y percibí, por debajo de afeites y cosméticos, las tenues, disimuladas, arrugas, las oscuras bolsas bajo los ojos azules, la traidora sotabarba, en una palabra, las patentes huellas de la edad, comprendí que tal milagro no existía, que usted era lo que tenía que ser, lo que yo era, lo que todos somos (a excepción de aquel prodigio insenescente que se llamó Rafaela) una vez que abocamos a la decadencia, a la decrepitud. ¿Voy a tacharla de embustera por eso? ¿Voy a censurarle que sustituyera su verdadero retrato por el de una encandiladora señorita en bañador? Al contrario, comprobar su ingenua argucia me conmovió, despertó en mí una inmensa ternura. No vi en su juego una falacia, sino al revés, un deseo de ser más para darme más, un anhelo de ser perfecta para ofrecerme la perfección. Y aquello, aunque otra cosa pueda pensar usted, me reenamoró, con un sentimiento más sosegado que el que desató en mi pecho la chiquilla del bikini, por supuesto, pero más puro, más respetuoso, más profundo también.

Esto es todo, señora. Entiendo que ésta es la única manera honesta de plantear nuestro fracaso: desde la sinceridad. Y tal vez desde esta base, con los pies en el suelo, cabría la posibilidad de reanudar nuestro epistolario a no ser que mi físico le cause a usted verdadera repulsión. Yo debo reconocer que me he acostumbrado a usted, que necesito de usted, de sus desplantes, sus ironías, sus lamentaciones y que prescindir de golpe de todo ello me supondría un hondo desgarramiento. Lo importante en la vida es disponer de un interlocutor. Se vive para contarlo, en función de un destinatario. ¿Qué hacer si éste, de pronto, desaparece? Recomencemos, pues, desde la realidad si le es servido. Yo, por mi parte, doy por no escritas las dos últimas cuartillas de su carta. No son de recibo.

Besa sus pies,

E. S.

20 de octubre

Señora:

Apenas mi carta en el buzón, recibo otra, inespera-
da, de Baldomero Cerviño, llena de circunloquios, medios términos y promesas de fidelidad, misiva que no
podía tener otra procedencia. Su ambigüedad, la atil-
dada caligrafía, la pulcra sinuosidad de sus argumentos llevan el sello inconfundible de Baldomero. No en
balde Baldomero ha sido cocinero antes que fraile.
Tras su lectura, se ha hecho la luz, se han definido los
contornos de las cosas. ¿Cómo he estado tan ciego,
Dios mío? De modo que usted y Baldomero, Baldomero y usted... ¿Es posible? ¿Desde cuándo? ¿Cómo iba a
volar tan alto mi pobre imaginación? Ahora ya me salen las cuentas, todo está perfilado y en su sitio: la hepatitis, el tono de sus últimas, su comportamiento en
Madrid... Las piezas del «puzzle» casan. Usted acudió a
la cita con el propósito de informarme pero, en el último momento, le faltó valor. Lógico. La papeleta era
tan abyecta e indecorosa que no se atrevió a presen-
tarla. La carta de Baldomero, ahora, untuosa y preca-
ria, viene a subsanar su omisión. Todo claro como la
luz del día, señora, pero ¡tan nefando! ¿Por qué razón
solicitó usted informes míos a Baldomero? ¿No los re-
cibía usted directos, sinceros y puntuales? ¿Por qué,
Señor, la palabra de Baldomero (otro desconocido, al
fin y al cabo, para usted) iba a ser más de fiar, de mejor
condición que la mía? ¡Preguntas, preguntas, preguntas! Pero, ¿para qué respuestas? Las cosas caen por su
peso. Baldomero, como cada año por estas fechas, via-
jaba a Cádiz y se detuvo en Sevilla para entrevistarse

150

con usted. Preferible hablar que escribir; la palabra no deja huella, se la lleva el viento. El informe escrito es más delicado y Baldomero no lo ignora. ¡Sólo Dios sabe qué le diría desde su pedestal! Pero, después de todo, ¿qué importancia tiene eso? Apenas se vieron se sintieron atraídos mutuamente. Cupido disparó sus dardos desde la Torre de la Giralda. ¡El flechazo de la tercera edad! Automáticamente, yo quedé pospuesto, dejé de existir para usted. ¿Cómo competir con el donaire, la galanura, la noble testa patricia de Baldomero? El atractivo físico de este hombre, incluso en su avanzada madurez, es, por lo visto, irresistible. A lo largo de treinta y cinco años nunca le vi perder una batalla en el terreno sentimental. ¿Cuál es su secreto? ¿Dónde radica la razón de su éxito? ¿Únicamente en su arrogancia, su apostura, su desenfado, su don de gentes? No lo crea usted. A las prendas físicas de Baldomero hay que añadir una diabólica facultad, adquirida, sin duda, a lo largo de los años que ejerció como censor: la de adueñarse de la mente ajena socavando previamente los resortes defensivos de su víctima. Porque Baldomero, señora, digámoslo de una vez, fue censor de oficio, profesional, de plantilla y esta tenebrosa actividad crea hábito; mediante el solape y la falacia nos ayuda a poseer otros cerebros, a suplantarlos, a pensar por ellos. Durante lustros fue éste un país de posesos y uno de los poseyentes más cualificados fue Baldomero. ¡Federico, su hijo de usted, saldrá ganando en el cambio! ¿Comprende ahora por qué le digo que no existe quien pueda sustraerse a sus artes embaucadoras? Su turno ha llegado, señora; usted es la nueva víctima, la última posesa. ¿Quién la exorcizará? Ante Baldomero en su podio, en su pedestal –¡San Baldomero el Estilita!– usted habrá de vivir de rodillas, en perpetua adoración. Y no piense que le hablo así por despecho. Si tiene la paciencia de repasar nuestra correspondencia hallará alusiones al especial carácter de mi amistad con Baldomero. ¿He dicho amistad? Admitámoslo, amistad, pero él señor y yo villano, él arriba y yo abajo. Esta especie de derecho de pernada que acaba de ejercitar ahora, disipa la última duda que pudiera caber al respecto. En fin, señora, disculpe estas líneas desengañadas y que sean ustedes felices.

Atentamente,

E. S.